U0939837

太阳船上的孩子

Dete sunčeve barke

Jasmina Mihajlović

〔塞尔维亚〕雅丝米娜·米哈伊洛维奇 著

刘媛 译

浙江出版联合集团
浙江文艺出版社

目　录

太阳船上的孩子

我用一生来实现梦想。

你会说：其他人也都是这样度过一生的。

此话不假。

其他人也有梦想，他们的梦想有些得以成真，有些只能束之高阁。实话实说，绝大多数人是后者。

可我不一样，我的一生是由一个又一个成真的美梦连缀而成：它们或宏伟，或渺小，或有意为之，或无心插柳，而我始终为了践行梦想而努力，就像笑话[①]里买彩票的傻瓜般一次次尝试，不言放弃……

---

① 男人祈求上帝："上帝，让我中彩票吧！"上帝回答："好的，你先去买张彩票吧！"（本书脚注若无特殊说明，均为作者注。）

早在二十年前，我就许下宏愿：去一趟威尼斯，趁它尚未沉没之时。

在那时的我看来，威尼斯几乎是世界上最遥远的城市，是我无法抵达的地方，这将是一趟遥不可及的旅程，我注定与它无缘……

过去几十年里，在我的故国，恐怕只有少数人未曾到过的里雅斯特[①]来一次购物之旅，未曾前往罗维尼[②]度假（如果你跟团旅游，从这里只需再走一天海路就可以抵达威尼斯），未曾参加“发现意大利”或是高中、大学里组织的观光团来开启一场威尼斯之旅，而我便是这少数人之一。

后来，意大利北部不再与我的祖国接壤。不仅如此，公路运输、航空线路、签证制度、政治隔离制度，也因为故国的数次分裂和统一而屡屡变更，致使威尼斯变得越来越遥远，越来越难以企及。然而，我对它的向往却与日俱增。

似乎每个人都应该去过威尼斯：家人，朋友，熟

---

① 的里雅斯特，意大利东北部边境港口城市。——译者注

② 罗维尼，位于伊斯特拉半岛西海岸的海滨城市。——译者注

人，邻居。他们甚至向我发难：

“怎么可能，你竟然没有去过威尼斯！？”

“我没去过。”我懊恼地应付着，为自己年届四十，却从未经历一次再寻常不过的文化历史的朝圣之旅而感到羞耻。

与此同时，我也嫉妒他们，嫉妒他们有自己的故事、记忆，嫉妒他们有自己的威尼斯。当世界各地的作家将他们在威尼斯的经历写成小说、故事集、游记，当无数知名的电影、电视节目、新闻报道围绕着此地的双年展、狂欢节和电影节展开，此时，即使我真的到了威尼斯，威尼斯对我而言，也不过如此吧。我的愿望似乎无足轻重。威尼斯已经是寻常事物，是人人皆有的经验，是普罗大众共同的想象。

我是巨蟹座，关于巨蟹座的主要特质、性情、喜欢的颜色、出生石、幸运草、口味偏好等等，世界各地的人们用不同的语言写下了不尽相同的描述。但有一件事却是毋庸置疑的：巨蟹座的代表城市是威尼斯。之所以有这样的论断，背后的逻辑简单得出奇：巨蟹座是水象星座，与之对应的就是水上的城市。然而，并不只是脉脉水流将我召唤到威尼斯。作为无法与之晤面的“少数人”，我始终被它吸引。它，寄托着我尚未实现的心愿。

寻访一座城市，却双手空空而返，未免令人丧气。但我们面对的阻碍可谓千奇百怪，超乎想象，比如临出发前的那场意外。那时，丈夫和我已经预订好 1999 年 3 月 26 日入住的威尼斯维特纳膳食酒店，但就在 24 日，北约轰炸了南斯拉夫。

我不相信所谓“发大愿者必有魔考”之类的宿命论。我更倾向顺势而为。有的人埋首目标，为之努力；有的人等候时机。但在我看来，强者要主动把握时机，在幸运稍纵即逝的瞬间，伺机而动。

*

如果梦想一次次落空，你面前只有两条路：要么放弃，要么耍点小花招。于是，我决定不再将旅行的目的地定为威尼斯，而是用其他城市替代，比如的里雅斯特。

去的里雅斯特实际上是绕路了。它位于地中海沿岸亚得里亚海的海湾处，在最北边，但与威尼斯大致毗邻。至少在我看来如此。过去，南斯拉夫国家航空公司有飞往罗马、那不勒斯、米兰（却没有威尼斯）的航班；到了 2001 年，增开了一条飞往的里雅斯特的航班。我终于可以开始我的计划了。

“不，不行！”有着类似计划的朋友劝我，“最好在六月的时候去利多 - 迪耶索洛，去那儿的全部花销将远低于游览其他欧洲大城市，而且那地方离威尼斯的海陆距离不过三十公里。”

国家航空公司的旅行手册上写着，6 月到 9 月的节假日可以预订利多 - 迪耶索洛当地的十多家酒店。丈夫和我还可以挑选酒店的星级，留宿的时间，是否包含早餐，等等。棒极了。我精心策划着度假方案，在威尼斯的周围布下一张网，希望不再错过一睹其芳容的机会。

但我失败了。威尼斯似乎也在我身边布下了重重密网。临行前三天的傍晚，旅行社在电话中告知我们，我们预付的订单是无效的。酒店根本没有预订上，我

们无处落脚，波特金村没有留宿我们的地方……[①]

“请取回预付款吧。我们非常抱歉。”

难以置信的事情再次发生。为什么倒霉的总是我？！我又中招了，订单竟然无法撤销。这么多年，威尼斯似乎一直都在警告我：这儿没什么好事等你。莫非我真的要“死于威尼斯”[②]？

闺蜜们都知道威尼斯对我而言是“无法抵达的彼岸”。（塞尔维亚和威尼斯分别位于欧洲之脊的两边。）我只好使出撒手锏，去麻烦我的女伴们。我怀着绝望的心情给N.T.打了电话，很快就有了回复，她的一位女性朋友正好是一家私人旅行社的老板。于是我只花了不到二十四小时的时间，就买好了飞机票，安排了全部行程，订好了酒店……就这样，我来到了利多-迪耶索洛。

---

① 参阅塞尔维亚旅行手册时，要小心其中的文字陷阱——你会和我有同样的遭遇。要仔细解读。确切地说，一定要注意册子的注释说明部分，其中大有深意。要看清事情的真相并非易事，否则就会上当受骗。文字后面大有名堂，所谓的一口价，什么酒店啦，旅费啦，有时候不过是行骗的幌子。

② 《死于威尼斯》，是德国作家托马斯·曼于1911年创作的一部中篇小说。——译者注

*

从利多-迪耶索洛到威尼斯，要走两段路——一段陆路，一段水路。一张巴士加轮船联票的价格，甚至比从贝尔格莱德到斯梅代雷沃帕兰卡[①]的火车票还要便宜，要知道那摇摇晃晃的火车堪比“鸡舍”。但价格不是最重要的，重要的是，我即将见到那座海上的城市，这是我第一次长途跋涉，只为“在不经意间”瞻仰威尼斯。曾有好几个世纪，我们与这座城市山海相隔，直到20世纪，它才成为一处国境线上的城市。一座水上城市需要通过“水”来到达，至少在第一次前往的时候是这样。

船越靠越近，我的心情却始终平静。我并不期待威尼斯给我意外之喜。尽管它是我的星座福地，却没有激起我过分的期待，至多，只是好奇。

最先映入我眼帘的是这座城市模糊的轮廓，我看

① 斯梅代雷沃帕兰卡，塞尔维亚东部城镇，主要经济活动有工业和农业。——译者注

见许多钟楼和许多形似塔楼的起重机。数量众多、笨重无比的起重机颇为碍眼。可谁叫我生活在21世纪呢。眼前威尼斯已经不同往日。接着，一幢有着玻璃顶的巨大白色建筑吸引了我的注意。上帝啊，这是什么？这乳白色的建筑几乎要将整个海滨吞没，它就像一块巨大的白色污迹，破坏了当地柔美如画的色彩，与周围的建筑格格不入。什么？这竟然是一艘大船停在港口！一面美国国旗在这幢足有二十层的轮船酒店顶层迎风招展。

在威尼斯，这家轮船酒店如同一个自以为是的庞然大物，它似乎象征着一股令人反感的势力，就这样信手抹去了几个世纪以来的痕迹……我四下打量，试着不去看这碍眼的巨物；我只想欣赏美景，欣赏利多-迪耶索洛的宫殿，总督的府邸。这些宫殿看起来宛在画中，美得不真实……可当船靠岸，我才发现，总督府邸前真的有一张画布。总督府周围立着脚手架，外立面正在翻修中，被一张印刷复制的油画包裹起来。我看到的，便是画中的总督府。

“这就是我们在海上看到的。”我对丈夫说，他刚才还在向我赞美这处城市风光，还特别介绍了卡纳莱托[①]的画，历数他路过此地的经历，称赞这座海上城市就是适宜在海上欣赏。“但今时不同往日！起重机、轮船酒店、油画布景……看吧，这些扰人的东西[②]对我做了什么……！”

*

每个人都会在初次拜访那些名声在外的城市时遇到一个难题——在面对那些知名建筑时也不例外——你对一切都已经有了预设。历代大师的油画，明信片，电影，电视节目，文学作品，朋友们的旅行见闻……未曾谋面，你的头脑中已经有了一份虚假的个人经验，一份由他人的经验拼凑而成的大杂烩。没有人告诉我，吉萨金字塔群曾经坐落的位置一侧是地

---

① 卡纳莱托（1697—1768），意大利风景画家，尤以准确描绘威尼斯风光而闻名。他的风景画画面十分逼真，因此被用来作为研究当时气候情况的依据。——译者注

② 外界的伤害是方方面面的，有时，会影响我们的婚姻，有时，给我们带来欢乐，有时，是危险的，但更多时候，意味着贫乏。

广人稀的开罗市，另一侧是广袤无尽的沙漠，而今天的吉萨金字塔群却于闹市之中缅怀前朝的莽荒往事；没有人告诉我，沙特尔大教堂[①]和基奥普斯金字塔一样大，更为神奇的是，教堂本身横截面积甚至稍稍超出它的占地面积；没有人告诉我，威尼斯是一座用砖头而非石头建造的城市。那些油画，相片，甚至脑海中的影像，无论是全景，还是精心调度后的特写，或许都在试图还原真实，却又都在有意无意间对现实加以过滤。所以，当我发觉威尼斯居然是一座用砖头垒砌的城市时，着实大吃一惊。我无比失望。地中海沿岸的城市无不由石头建成，它们看起来坚不可摧、奢华高贵。那些古色古香的石材即使历经时光的磨蚀，仍旧是权力与贵族血统的象征。

好吧，威尼斯不可能用石头垒成，否则它会沉没！只有门廊、窗户、点缀其间的装饰物、台阶和桥是用石板嵌成的，除此之外，全是陶土垒成的。此地的宫殿、建筑都被涂成与泥土相称的颜色，同时也不断遭

---

① 沙特尔大教堂，全称沙特尔圣母大教堂，公元 12 世纪建造的天主教哥特式教堂，位于法国沙特尔市的一座山丘上。——译者注

受著名的威尼斯气候的摧残，水、水汽、风和盐分相互作用，砖头的表面不断被剥蚀，空荡荡的孔隙赫然在外，触目惊心。这是我第一次与威尼斯面对面，我终于能够近距离地打量它，但眼前的真实让我不禁质疑所谓的沧桑历史，质疑美景背后所谓的传奇往事。或许，所有秘密都经不起窥视。

我渐渐摆脱初见的惊异，试着将幻想中的城市与我眼前所见重叠在一起。终于，梦中的城市变成了眼前的真实，却是迥然不同的梦境。

那些以美丽著称的城市乃至建筑，无一不是坐落在出人意料、不宜居住的无善之地。要么是沙漠、悬崖，要么是难以忍受的酷热地带、风谷或者潮湿腐烂的无人区，总之，当地的气候毫无可取之处。这也是为什么它们散发着令人难以抗拒、为之迷醉、独一无二的魅力。它们是逻辑与常理之外的可能。

*

在我眼中，威尼斯仍有一幢坚不可摧的建筑，即使时光和水汽也无法将它磨蚀。它就是安康圣母教堂，它始终静谧地散发着石质建筑特有的洁白幽光。尽管在数次变革之后，城市不断向大海延伸，“舞台”的中心由它转向了圣马可广场，但这座教堂仍是我此行的重要目的地，正是它，让我的威尼斯之旅有了意义。感谢拉扎·科斯蒂奇和莲卡·顿德斯卡，感谢我的祖国，感谢我的母语，令我与有荣焉。

*

这座城市的精髓、秘密是什么？短暂逗留的旅客和暂居的客人们是否能够体会其中的奥秘？或许可以。对我而言，仅仅通过初见之时的仓促一瞥，在灵光乍现的一瞬间，就可以窥见一座城市的本质。但这样超凡脱俗的洞见时刻，只有一次。随后，理智降临。接着是令人目不暇接的风景，你开始身心俱疲，不得不应对种种意外。

一上岸，你就会看见狭窄的运河之上的叹息桥，相传死刑犯在处决之前会通过这座桥，透过桥上的小石窗看世界最后一眼。而我第一眼就看到了它——贡多拉船[①]。从高处俯视，是观察贡多拉的最佳视角，这无疑是威尼斯最惊艳的一瞥——我解锁了这座城市。

贡多拉让我为之晕眩、惊叹、痴迷，让我为之深陷……一瞬间，我的全部感官都被它震慑，顿时明白了自己为什么要来威尼斯。因为它，贡多拉。

贡多拉是威尼斯独特的基因，是它的精髓所在。它，是爱神厄洛斯和死神桑那托斯的造物，是为爱人准备的精致而古老的黑色灵柩。它足以让人爱上死亡，那是一种满怀激情、义无反顾的爱。

我也爱上了贡多拉。

贡多拉上的船夫是乔装成阿波罗的冥河摆渡者。威尼斯在生之愉悦与死之静美之间来回摆荡，正是贡多拉连接了此岸与彼岸。

贡多拉和威尼斯——尽管我们从不认为自己会爱上死亡抑或渴望死亡，但威尼斯将生死落实成建筑和

① 贡多拉船，威尼斯一种独具特色、历史悠久的尖舟，造型轻盈、纤细、别致。

实物，物质成为一剂对抗死亡轮回的灵丹妙药，进而超越死亡，获得永生。

威尼斯狂欢节、张牙舞爪的面具、大运河、华服、宫殿上的装饰、地底的潮气、室内挥之不去的恶臭与腐败气息、绅士的衣冠、蕾丝、家具、罗曼史、玻璃制品、织物的花边、蛛网般蔓延的纤雅气质、威尼斯产的枝形吊灯、吹制的镜子……这座被水围困的城市在过去的数百年里不断累积着堕落与奢靡——这些气质也体现在贡多拉上——它怪诞的造型，华丽装饰细节，还有船夫划桨的姿态。

这一切背后是对死亡的渴望。

*

多年之后，我来到埃及，置身巨大的吉萨金字塔群中，在那里，看见了远古时代的贡多拉。这是法老的太阳船，联结着生命和时间的此岸与彼岸。古埃及人是否和威尼斯人一样渴望着死亡？

*

此外，我还在另一个地方感受到威尼斯精神——所谓的“lo spirito di Venezia”[①]——佛罗莱恩餐馆。这家餐馆位于圣马可广场，正午会有专门的乐队穿着黑色晚礼服表演阿根廷探戈。在那病态的、充满自毁气息的气氛中，醉人的探戈成了真正的威尼斯歌舞。乐队会在广场拱廊边米白色的亚麻质厚雨阳棚下暂时休息，换上了白色礼服后，重新开始演奏。和匆匆赶路的游客们不同，威尼斯的绅士们悠闲地穿过广场。他们三两成群，象牙色的亚麻套装在风中飞扬。他们头戴柔软的浅色草帽，胳膊下别着手杖般的金属把长柄伞。这身装扮感觉让人感觉从2001年回到1901年。

现在想要旅行社帮忙安排一场合适的城市观光、名胜游览谈何容易。到处能看到粗制滥造的名胜古迹，还有人满为患的迪士尼乐园，举止粗俗、抽着烟

---

① lo spirito di Venezia，意大利语，意为：威尼斯精神。

的游客们也在糟蹋着那些理应被瞻仰的美景。然而，这正是 20 世纪游客热衷的旅行方式。

不过，威尼斯尚且保持优雅。

*

威尼斯让我着迷。

你可以在雨天，置身空无一人的圣马可露天广场，静静地欣赏它不露锋芒的壮美。在我来看，威尼斯，乃至整个威尼斯共和国无上荣光的皇家威严，与其他帝国建筑呈现出的盛状是不同的，它并不那么引人注目。

你也可以在雨后，眺望威尼斯海湾，置身卡纳莱托画中的场景，感受丰富的光影，欣赏半透明的闪烁着微光的碧绿海水和每时每刻都在变幻着的建筑倒影。

你还可以在窄街上漫步，在马尔基尼糖果店里挑选浮雕巧克力。

你可以试着寻找弗朗西斯科·莫罗西尼[①]的画像

① 弗朗西斯科·莫罗西尼，1688 年至 1694 年间任威尼斯共和国总督。——译者注

和以他的名字命名的广场；莫罗西尼是我的小说《三张桌子》的主角之一。他的画像收藏在科雷尔博物馆[①]，但因为正在修复，未对外展出（意外的阻碍）。至于莫罗西尼广场（即弗朗西斯科·莫罗西尼广场），虽然在威尼斯地图上有所标注，但在现实中并不存在（又是个意外）。这可不是一个说消失就会消失的小广场；按地图显示，这个广场在通往威尼斯艺术学院美术馆的路上，附近是威尼斯大运河上的三座大桥之一。然而在理应是广场的地方竖立着石碑，石碑上刻着另外一个名字：圣·斯蒂法诺广场。身为游客，我只好向附近咖啡馆里英俊的服务生打听消息：

“您好，请问我们所在的广场叫什么名字？”

“这儿嘛？”他说，“是叫圣·史蒂夫广场。”

“请问弗朗西斯科·莫罗西尼广场在哪儿？”

“也是这儿吧。”服务生顿时有些困惑了，补充道，“这里一半是莫罗西尼广场，一半是圣·史蒂夫广场。”

---

① 科雷尔博物馆，位于威尼斯圣马可广场东侧，曾是法国和意大利王室的皇家宫殿。——译者注

“可广场上没有任何信息提示，这儿有标牌吗？”

“我也不清楚……”

好在我并不觉得寻路是件麻烦事。总督莫罗西尼的大名似乎只能在威尼斯地图上找到。我不得不重新标记每一处地标。

*

里亚尔托桥[①]上，兜售小东西的女子也是我迷醉于威尼斯的原因之一。那是一位有着橄榄色肌肤和纯正意大利血统的美丽女子，她身穿黑色长裙和黑色上衣，肩膀上搭着一条艳红色的带穗丝巾，显得肃穆无比。她看起来就像是意大利、威尼斯、里亚尔托桥的化身。她让人想起伫立船头的女像柱，是引路人，是守护者，更是行走的图腾。

除了意大利人，一位美国女子一度是我眼中威

---

① 里亚尔托桥，威尼斯大运河的三大桥梁之一，也是其中最古老的一座。重建于1508年，约55米宽，全长48米，是7米高的石头桥，桥两旁是繁华的商贸街。——译者注

尼斯的标志、意大利精神的象征。佩吉·古根海姆[①]生前收藏的画作和雕塑如今陈列在博物馆，这座博物馆在我看来无疑是欧洲最美丽的袖珍博物馆。那座收藏着达利、毕加索、胡安·米罗、雷尼·马格利特、夏加尔、马克思·恩斯特、乔治·德·基里科、摩尔等人作品的宫殿坐落在大运河边上，河对面还有一处幽暗、潮湿的花园，确切地说，是一处过分潮湿的花园。园中点缀着雕塑，埋葬着古根海姆女士的遗骸。她和九只宠物狗躺在一起。她希望自己葬在"孩子们"身边——葬在她热爱的城市、她的爱犬、她的艺术品旁边。我被佩吉·古根海姆的收藏，被她身为女性的卓越天赋与个性深深打动；她的所作所为仅仅出于她对艺术家的认同、对这座城市不渝的热爱，她的骨灰埋在了这里，她的精神也在这里长存。那些20世纪的艺术作品更是与威尼斯的氛围相得益彰，它们成就了这座城市的魅力，似乎原

① 佩吉·古根海姆（1898—1979），当代艺术收藏家，出生在20世纪美国著名的冶金工业家族，她一生渴望爱情和自由。1976年，佩吉向古根海姆基金会捐赠了她收藏的300件艺术作品。——译者注

本就是这里精神遗产的一部分。

距离佩吉·古根海姆博物馆不过数百米的地方是威尼斯艺术学院美术馆。馆内陈列着乔尔乔内、提香、丁托列托、乔凡尼·贝里尼等人的作品，这些作品涵盖了文艺复兴、巴洛克、洛可可等时期。包括威尼斯在内，整个意大利都见证了不同时代、不同王朝、不同风格的变迁。置身这赫赫有名的城市，流连知名的博物馆，时常会生出这样的疑惑：我们究竟是旁观者，还是亲历者？现实、历史和画作的边界在哪里？当然，你也可以放下疑问，在边界处体会时空交错的美。

*

拉扎·科斯蒂奇[①]曾向他的挚爱莲卡·顿德斯卡承诺，会将威尼斯的安康圣母教堂献给她。尽管这是诗中虚构的情节，但每个塞尔维亚的孩子在开始读短

① 拉扎·科斯蒂奇（Laza Kostić），塞尔维亚诗人，被誉为最后一位伟大的浪漫主义者。诗人在爱人莲卡·顿德斯卡去世后，怀着悲痛的心情，创作了诗歌《安康圣母教堂》。这首诗是塞尔维亚最优秀的爱情诗之一。

篇故事的年纪就已经知道这段爱情和其中的三位主角——莲卡、拉扎和教堂。安康圣母教堂是世界上最著名的建筑之一，因为这个故事，它将永远属于一位特别的塞尔维亚女子——莲卡·顿德斯卡，而她甚至无须为这笔财富缴纳遗产税和契税。我有些嫉妒她。

如果莲卡可以拥有一笔精神的财富，那么我也可以。

故事就此诞生……接下来，我要讲述的是另一个故事。[①]

---

① 即《女人的故事：文学遗产》，收录在《爱情故事的两个版本》一书中。

当莫斯科迎来二十一世纪的第一年

20世纪的最后几年，电影和书籍的续集层出不穷。为什么游记不可以有续篇？特别是那些国际化的大都市，变化那么快，要知道，就连当地居民也会有一觉醒来不知身在何处之感。

1997年的时候，我和M一起访问了莫斯科和雅斯纳亚·波良纳，我当时写了《文档里的俄罗斯》一文，现在我决定写一个续篇。故事的主角是莫斯科，时间是2001年9月，故事围绕新俄罗斯和新俄罗斯人展开。为什么要写续集？因为俄罗斯正以光速变化着，不断挑战、丰富我的认知，我一定要与读者们分享这段美妙的旅程。

既然旅行的目的地是一座大城市，我们很快就确定了长途旅行的行程，准备开启一次神奇的旅程——乘飞机旅行。

航空事业的发展使得长途旅行成为可能。飞机带你穿越洲界，离开地面，翱翔天空。从贝尔格莱德到蒂瓦特[①]的飞机票通常在五十到一百欧元之间，和长途旅行的高昂花销相比，这笔费用几乎可以忽略不计。更重要的是，因为它，现代人可以轻而易举地开启一次独一无二的旅程。

乘客登机颇费周折：找不到方向，问东问西，把行李塞进头顶的行李架，把座位调整“舒服”，系好安全带，接着机组成员会用双语讲解安全须知……与此同时，载着乘客的飞机始终贴着地面滑行，直到琐碎、重复的前戏渐入尾声，神奇的时刻才最终降临：机舱内部的灯熄灭了，空姐也不见踪影，飞机不祥地停滞了片刻，随后是一阵骇人的寂静，接着飞机就像恶龙般咆哮起来，以一种反自然的速度冲向未知的混

① 蒂瓦特，黑山共和国沿海城市。——译者注

沌，飞机瞬间进入了另一种状态，我们仿佛坐上了另一辆机器进入了另外的时空。机舱内静极了。乘客们不发一言，神情紧张，每一块肌肉都是紧绷的，我们不知道自己会遇到什么，只知道接下来的一切非同寻常，奇迹即将降临，我们将亲历只此一次的体验。我看不清其他乘客的脸，因为我总是先于别人感知到这一切，每次起飞都是如此。

降落的时候也是如此。和塞尔维亚人一同返程时，这种奇异的感觉格外强烈。确切地说，是因为他们在飞机落地的瞬间会为飞行员鼓掌。有时，夹杂着恐惧和期待的掌声未免来得有些早。我们都渴望着回到故国的怀抱。

神奇的是，放眼世界，每时每刻都会在上演这超凡的空中仪式。

接下来的一次奇妙飞行发生在 2001 年 9 月 9 日。彼时，我从俄罗斯归来，将被莫斯科的雨水淋湿的伞放在贝尔格莱德的公寓外。多么新鲜的雨水呀，这场雨属于未来。我抬起手，将手表的指针往回拨了两个小时。

全新的莫斯科

1997年，我在记录莫斯科之行时写道："20世纪末的俄罗斯又回到了世纪初。曾经一切坚固的东西都烟消云散了，却又未到尘埃落定之时。"但四年后，在21世纪的第一年，莫斯科重新恢复了秩序。

莫斯科一度灰暗，丑陋。美，对于那时的莫斯科，似乎是一项不可能完成的事业。如今的莫斯科却展现出令人窒息的美，它是如此奢华，一扫阴霾，焕然一新。莫斯科的方方面面，无不彰显着本土与国际、古典与现代的融合，令人欣羡：现代的建筑，重建和修缮过的历史建筑，城市特质，居民和城市氛围。主张多元的国际主义者可以在此大胆前行，信奉一元论的守旧者也无所畏惧——这是兼容并蓄、自成一格的莫斯科。世界上，能与莫斯科媲美的、同样令人惊异的城市也只有纽约了。纽约被视作美国乃至全世界数一数二的城市，它在代表美国精神的同时，也成为大都市的模板。如今的莫斯科则是欧洲城市的缩影，却又不同于任何一座欧洲城市，它无法复制。莫斯科在模仿的同时，也彰显出原创力。帝制皇权与社会主义，古典与现代，正统与离经叛道，它们成就了莫斯科，成就了这座体现着俄罗斯高度包容的民族精神的城市。它会是未来都市的模板,在新世纪展现出新风貌。但在我看来，除了可见的风景之外，还有一项更重要的特质：这是一座始终奋进的城市。

1997 年，莫斯科城内令人错愕的混搭风格、嘈杂混乱的街道都给我留下了深刻的印象；现在的莫斯科却展现出一种迷人的精纯，一种物尽其用的智慧。当地人懂得去粗取精，化腐朽为神奇，既有的一切为建造全新的莫斯科打下基础。我不禁期待 21 世纪的莫斯科，期待着这座城市找到精神与形态融为一体的美妙平衡。

这座城市的精神、当地居民以及整个俄罗斯的新风貌，让我兴奋的同时，也让我心生嫉妒。俄罗斯的财政危机持续了十年，但十年间从未有过流血和暴力，我的故国在打造国家形象时却只知道蛮干。想到这里，我不禁为我们错失的机会深感遗憾。

两次俄罗斯之行相隔不过四年。四年之后，令我感触最深的，是俄罗斯人不再畏惧国内外的新旧势力，他们练就了与境内及国际力量周旋的精妙手腕。

我从没有想到俄罗斯会迎来一场“哥白尼式的革命”。和那场发源于地中海地区、暗自蓄势的革命一样，莫斯科依靠自己开拓了前路，最终成为一个兼容并包的国家。四年前，你绝不会预想到现在的局面[①]。

摆着露天餐桌的餐馆和咖啡馆随处可见，人们在公园和街上散步，建筑的外立面装饰精美。这里有喷

---

① 据说，在俄罗斯开始这场革命之前，曾有一位俄罗斯高级官员在访问某欧洲国家时发表如下言论：“我的国家即将迎来惊人的变化，但有一件事绝不会变：人民不会流落街头、无家可归，将来也不会。俄罗斯不容许这样的事发生。另外，必须说明，如果事情发展到那样的地步，不仅愚蠢，更是浪费时机。”

泉，精心设计的商店橱窗，漂亮的街角，整洁的街道；远远望去，城景令人心旷神怡：小商铺、喧哗的市声、小摊、各种气味，其间还有出售奢侈品的高档店铺，一切看似疯狂，但不得不承认，正是缤纷多彩、参差多态让城市臻于完美。人行道沿路都是小摊，出售着来自俄罗斯乃至世界各地的蔬菜和水果；当然，还有鲜花……

M 的俄语翻译拉里萨·沙瓦耶娃是一位极少出差错、干练果断的俄罗斯女子。她对我说："莫斯科第一家面向公众的花店开张时，我意识到苏联政权彻底结束了。"①

在我看来，新莫斯科的建筑和城市规划没有陷入窠臼，它并非一个过度装饰、只为抓住人眼球的都城，也不是为了吸引游客抑或威慑敌人而建。与此同时，许多国家曾经，甚至至今都未能摆脱沉疴，例如古埃

---

① 两年前，我在锡吉什瓦拉镇，一位罗马尼亚女子也聊起过这段往事，她意识到那场不可逆的崩溃终于到来，并非因为鲜花，而是因为一只平常的柠檬。她说，几年前，罗马尼亚的自由市场的公开商铺出现了第一只柠檬，当时只有十岁的儿子便问她这种闪闪发亮的蔬菜是什么，她告诉他："这是柠檬，它既不是水果，也不是蔬菜，它是自由。"

及人，他们的建筑是为了永垂不朽，为了彰显荣耀，为了傲视群雄……甚至是为了取悦自负的神明，而不是为了自己的人民[①]。

苏联政府执政时期，毫无品位、笨拙无比、带着制度特色的古怪建筑散布在国家（甚至可以说整个大陆）的角角落落，如今它们已被拆毁。莫斯科本地的建筑师、规划者、行政长官和富人们为了塑造首都崭新的（同时也是复古的）风貌，克服了重重困难——具体细节我不得而知，但我一眼就能将新的建筑与往日的建筑区别开来。超现代的理念和典型的俄罗斯风格浑然合一，多么威严，多么古典，多么具有纪念意义啊！它们有的散发着布尔乔亚气息，有的迎合普罗大众的品位，有的则富有神性。更重要的是，这一切十分柔和，展现出上佳的品位。它们塑造了这座城市的两张脸孔，白天的莫斯科与夜晚的莫斯科。夜幕降临时，灯火通明的夜景堪比巴黎。

当然，我们也没有蒙蔽双眼。这里当然还有许多

---

① 相反，古希腊的宫殿、神庙、体育场、剧院都不是庞然大物。这些建筑体现了人本主义精神，古希腊的神祇同样也是以人为原型。

不和谐的令人反感的地方，还是有许多丑陋之物，但它们大势已去，注定消亡，过去的一切再也不会出现。我所谓的“过去”，不仅仅指苏联政权，还意味着两千年来种种被确证为时代错误的沉疴痼疾，它们绝不会延续到第三个千年。俄罗斯完成了一次有惊无险、积极稳健的过渡，抵达了全新的彼岸。成就这一切的，正是他们宁折不屈的精神。

空气战争

2001年6月，在意大利海滨，我几乎被冻晕了，当时，我穿着夏装，多么希望自己能有一件毛背心。吸取了那次的教训，9月份出发去莫斯科时，我带上了皮毛外套和靴子。但在21世纪，你会发现上世纪的那套已经不管用了。我们离开凉爽的贝尔格莱德，来到了炎热的莫斯科，行程始终，我不得不始终穿着同一身衣服；还好我带了一件无袖上衣，我想其他女人也有这习惯，在临行前的最后一分钟，往行李箱里塞上一件无袖上衣。

我们一到俄罗斯的首都，就发现当地空调的数量颇为惊人。公寓楼、办公室、商店、小商铺的外墙都打了洞，悬挂着空调外机，其中大功率的空调系统，能达到 16000 Btu[①]。显然，对空调的需求和地理位置无关，俄罗斯在北方，可不是非洲，也不是为了应对全球气候变暖的恶果[②]，和季节温度变化本身也没有直接关系。不得不承认，莫斯科人在新世纪将迎来一场严酷的战争——为空气而战。如今，呼吸，必须首先通过空调来过滤空气[③]。

莫斯科有 1200 万人口和 27 万辆机动车，大部分汽车是国产车（例如拉达汽车和莫斯科人汽车，这两个品牌的车都会排放出大量的尾气），汽车工业区就在莫斯科附近，这座城市不得不捏住自己的气管。走进室内，你会有种凉爽的山风迎面而来的错觉，好像回到了过去，回到了冬天的俄罗斯。可一旦来到室

① Btu，英国热量单位，一台 Btu 为 10000 的空调功率为 2.93 千瓦。——译者注

② 不过，俄罗斯人和其他民族一样，都必须面对全球气候变暖的事实。夏天，莫斯科的温度可高达 40 摄氏度。

③ 我听说同其他大城市一样，东京也面临同样的问题。城市里会有通过“洁净呼吸”来医疗或理疗的沙龙，人们去到那里，定制一项服务，就会有一定量的洁净空气通过面罩来供应，按分钟来收费。

外，你将置身雾霾之中，雾霾让22摄氏度的莫斯科远比22摄氏度的贝尔格莱德闷热。过去，俄罗斯人会安装一种名为“fortochkas”的特殊窗户，这是一种嵌在大窗框里的独立小窗，可以在冬季为室内通风。如今，无论寒暑，这种窗都不会派上用场了，它已被空调取代。

无论是宽敞的街道还是林荫小道，车流的密度都超过了我的想象。被寄予厚望的地铁线并没有多大用处。即使是在双向五车道的大路上，车辆也只能排着队一米一米地挪动。在俄罗斯的首都，想把车开到三档都是奢望。但别忘了，大概十年前，苏维埃政权执政时，连私家车都没有！

莫斯科人该如何出行，如何在“室外”活动？遭遇类似困境的，还有雅典人。[1]

尽管如此，当你坐在车里寸步难行时，透过尾气和雾霾，仍旧能看到莫斯科的巨幅广告牌登出的童话般的饮用水广告：“皇室之水——纯净、清新的

---

① 雅典曾是欧洲污染最严重的城市之一。

泉水。”

现代世界至关重要的“三元素”不外乎清新的空气、干净的水源和健康的食品。

一日如三秋

我知道有些读者不希望看到我在文章中过多谈论我的丈夫，不希望我讲述我们的私人生活、他的文学轶事、我们的旅行。但是当我的生活远比文学作品中人物的生活更刺激时，我无法假装自己是局外人，也无法将我们的经历安插在其他人身上，以客观的第三人称视角叙述往事。写作难免有造作的成分，却也让生命不朽。我想，细心的读者读到这一章里关于“那位塞尔维亚作家”的叙述时，会自然而然地联想到我的丈夫。

回头看那段精神和肉体都异常兴奋的日子，时间的厚度可以由一年里所发生的事件的数量来测量，而对那些日子,我有一日三秋之感。生活里有极端的好,也有极端的坏,而我自认为我是那个不幸的国家、不幸的时代里的幸运儿。但我想,自己绝非个例;在别的时代,别的国家,一定会有人发出相同的喟叹。

当时,那位塞尔维亚作家收到了邀请,请他作为荣誉嘉宾出席莫斯科书展和戏剧《永恒之后又一天》在莫斯科剧院 MHAT 大厅的开幕式。于是,我们在莫斯科停留了四天。

那位塞尔维亚作家的作品和他本人在俄罗斯受到了近乎疯狂的追捧。看看四年前他第一次造访俄罗斯时的新闻就知道了,如今只有少数体育明星、电影明星或者歌手有这样的待遇。这无疑是文学界的殊荣①。

接下来的几年里,那位塞尔维亚作家不断地收到俄语读者的电子邮件和平信,这些信件来自莫斯科、圣彼得堡、车里雅宾斯克、新西伯利亚、伊尔库兹

---

① 对塞尔维亚文坛尤其如此,随着那位塞尔维亚作家各语种译本的问世,掀起了一阵翻译塞尔维亚作家作品的热潮。整个国家的文化也都被推到了潮流浪尖,包括文学、音乐、电影、造型艺术……

克、伏尔加格勒、罗斯托夫、克里米亚半岛，发件人中甚至还有以色列和美洲的俄罗斯籍犹太人。给他写信的，有男性读者，也有女性读者，有长者，也有年轻一代（目前看来年轻的读者更多）。读者们在信中表达他们诚挚的喜爱和敬意。他们说，阅读他的作品使他们的精神走向完满。他们寄来照片，鲜花；他们在信中阐述时政观点，附上受他作品启发而创作的小说、诗歌、谜语和画，他们邀请他参加家宴；甚至给孩子取名时，特地选择了他的名字（！）……总之，他们觉得，阅读他的文学作品是一种享受。

马克西姆·克鲁陈科是那位塞尔维亚作家在圣彼得堡的编辑，他当时还没有想到会有这些故事，但仅凭销量和印数，他就料到了邀请那位作家与读者面对面交流会产生怎样的效果。他隐约猜到，即使没有媒体的大肆鼓吹，那位塞尔维亚作家一样可以成为明星。

当时，一共安排了四场读者见面会，其中三场在莫斯科当地的书店，一场在书展上。然而，到了临时会场，不仅安保人员，就连出版人和翻译拉里萨·沙瓦耶娃也不得不出面维持秩序，我俩则必须从后门抄小路进书店和书展展台。成百上千的读者排着长队等待了好几个钟头，只为拿到作者签名。在特瓦斯卡路（过去叫高尔基路）的莫斯卡瓦图书城，店员被迫多次关上书店大门，手持高音喇叭指挥街上和书店里的读者保持秩序，在广播里提醒人们注意人身安全。

等待签名的读者还带来了礼物。实在太感人了。他们用鲜花将我们淹没了，此外还有巧克力、俄罗斯产的“pryanik”甜百吉饼、带魔力的石头[①]、镇宅的小雕像、“情书”、俄罗斯风格的陶制爱心、装在军刀酒瓶里的格鲁吉亚白兰地，等等。一位年轻人甚至还送来一只超长保质期的蛋，向《哈扎尔辞典》里的情节致敬。

我和女售货员们一同躲在收银台后狭小的“安全区”，我问她们是不是每次作家来访都出现类似的情景。

“不是。”女店员们兴奋地说道，“只有康察洛夫

① 那是一块有白条纹的紫色石头，附赠的便条上写到这种名为“Charoit”的石头产自西伯利亚的恰拉河畔。

斯基来签名时才会有人排队，但远比不上现在的阵势。不久前，米克·贾格尔[①]来莫斯科，现场大约和现在一样。不过，贾格尔不会出现在我们的书店里。”她们说完，笑了起来。

将那位塞尔维亚作家和贾格尔相提并论，让我莫名其妙，甚至有些不自在。后来，新闻发布会上俄罗斯媒体也不断地将他们联系在一起，我才若有所悟。

我们只停留了数天，却接受了几十场访谈——电视访谈、广播访谈和新闻发布会，所有的记者都绕不开同一个问题：“你能解释下作为一个非主流作家，为什么你会成为俄罗斯的超级巨星吗？”

记者们乐此不疲地问出这个只有他们自己能解答的问题。如果连他们都不知道答案，恐怕也就没人知道了。

---

① 米克·贾格尔，著名歌手，滚石乐队主唱。——译者注

俄罗斯的书

在俄罗斯，一本书的售价不过一两美元。让我们计算下塞尔维亚书籍的平均售价吧，我们为了同样的“商品”得支付五美元。这事值得我们深思。显然，在我们的国家，书籍不同于其他物品，在很多时候，它被视作商品，但在俄罗斯，除了书之外的物品都被视作商品（俄罗斯的物价在世界范围内是数一数二的高，要知道他们人均每月的收入不过八十美元）。透过这一现象可以得出怎样的“结论”，就留给明眼人评说吧。

但和贝尔格莱德的书店相比，莫斯科的书店看起来更为奢华；实际上，这里任何一家商店都比贝尔格莱德的书店讲究。我去过两家书店——姆拉达·加尔达书店和莫斯卡瓦书店，两家书店都按照主题划分区域：经典文学、探秘小说、奇幻小说、恐怖小说、香料与植物书、侦探小说、宗教书籍、女性小说（没错，甚至为特定“性别”安排了好几列书架）、烹饪书、地图册、备忘册、世界主要城市的旅行指南（设置有专门介绍都市夜生活的指南）、各种版本的 CD……另外，还有一个单独陈列、售卖 J.K. 罗琳的哈利·波特系列图书的密室。不得不承认，俄罗斯人求知若渴。在过去的几十年里，俄罗斯的读者和大批出版商迅速地弥合了苏维埃政权时期在文化上与全世界隔绝的鸿沟。俄罗斯或许是当今世界发展最迅猛的国家之一。它跟上了世界的步伐，也遵循着自身的节奏。我不禁将自己亲眼所见的文学书籍和在家通过虚拟网络获得的体验联系起来。显然，盎格鲁－撒克逊世界里最大的网上书店亚马逊在规模上也不及俄罗斯的网上书店。此地的所见所闻让我渐渐有了一个大概的认识，俄罗斯人善于把其他国家的经验转化成更为细腻、丰富、深邃的产出，但在骨子里，他们拥有连自己都没有察觉到的自尊。我希望所有大国都是如此，希望所有国家都尊重自己，也尊重别国。

还是说回书吧。书籍的装帧和我在俄罗斯看到的其他东西一样精美、独特、高档、有格调。仿佛有人在一夜之间彻底清除了苏维埃政权时期的阴沉和只有突击手才会喜欢的令人绝望的“臭”品位（仅仅两年时间，书籍的装帧就发生了翻天覆地的变化）。不过书的内部，那些微微发酸的纸页，仍残留着往日的痕迹。

说到书，值得一提的是，这里竟然有一家有轨电车书店。那是一条环线，每隔十五分钟一趟，和贝尔格莱德的二路电车类似。这趟有轨电车里还有一家名为“阿努什卡”的咖啡馆，你可以坐在里面阅读书报，欣赏莫斯科的风景。如果你读过布尔加科夫的《大师与玛格丽特》或者那则关于住在有轨电车里的男人的故事，大概能猜出其中的玄机。

书　展

莫斯科书展在一处名为全俄展览中心的场地举行，这里曾经是国家经济成果展览馆。展览中心有塔楼，还有建于世纪之交的华丽展台，我猜在两次更名之前，这里应该是一处市集。此外，这里还有一片宽敞的空地，空地的大小刚好可以展出一架真正的火箭和配套的发射塔。

我饶有兴致地旁观了书展上的其他“节目”，确切地说，我是想知道他们是否会和我们一样组织烧烤活动。不得不说莫斯科书展上，食物也是主角。唯一的区别是他们的肉和我们的不同。书摊、帐篷、大楼之间是一排排烤架，烤架上摆满了俄罗斯烤肉串，这种肉串被称为“shashlik”，多数是切成片的猪肉、羊肉和鲟鱼！

许多参观者会攥着一根系着粉色气球的丝带，无数的气球聚集在人群之上，就像此起彼伏的波浪，与之相比，低处的空间并不那么拥挤。现场的气氛似乎更像狂欢节而非书展。

我并不了解展览现场的诸多细节。Azbooka 出版社的阿列克谢·格尔金和丹尼斯·维瑟罗夫护送我们走了一条曲折的小路，才来到 M 签名售书的展台。作家面前是一条看不见尽头的长队，人们为了拿到他的签名等待已久。大批摄影师的到来使得现场更为躁动，他们站在椅子或附近的展位上，甚至有人不知道从哪儿找来一把梯子攀了上去，只为了拍下从大厅一头蜿蜒到另一头的长队。

或许我记录下这些印象，并不是我写作上品位极佳的表现。或许我应该保持冷静，即使面对这样的广告语——“销量仅次于俄英辞典的《哈扎尔辞典》”。或许我应该忘记，我曾经在一幅题为“俄罗斯最佳图书”的海报上看到《用茶水画的风景画》的俄语版。

或许我应该对某些事视而不见，比如索尔仁尼琴的秘书为了替索尔仁尼琴索取M的签名，捧着一部初版的俄语《哈扎尔辞典》在长队中等候许久。或许我应该假装这一切从未发生，这样就不会冒犯或者伤害任何人。不可否认，这些事理应由我俩之外那些“客观”“公正”“见多识广”的旁观者讲述，但《政治报》[①]只在第12版的文化专刊上用最小的印刷字刊登了我们访问莫斯科的消息；消息只有12行，在“名流新闻”一栏（参见2001年9月12号的《政治报》）——于是，我选择亲自记录下这一切。

① 《政治报》，塞尔维亚的主流日报。——译者注

印象拼贴

让我记录下 2001 年的莫斯科吧：

啤酒，液晶显示屏，“骆驼牌”香烟，黄金，斯堪的纳维亚地区产的家具和办公设备……

莫斯科喜来登酒店的卫生纸上印着酒店的标志，缎面餐巾和餐具上却什么都没有。

俄罗斯人告诉我，直到社会主义诞生，贵族才开始正眼看他们的用人，问候“早上好”。

莫斯科河畔区有一处小小的风景如画的教堂，教堂的门厅处出售蜡烛、护身符和日历，摆着巨大的金色木质浅盘，浅盘里盛着焚香味道的干花——芳香疗愈了精神。

一天，我们没时间外出就餐，便点了三明治，要求直接送到客房；半小时后，喜来登的客房服务员才用圆形小推车送来了一盘三明治，推车上摆了一整套复杂的餐具，甚至还有插了一支玫瑰花的花瓶，但我们已经没有时间了，只仓促地咬了一口，便饥肠辘辘地出了门。一路上我都在思考，现代服务行业的操作标准是否过于烦琐。

有些俄罗斯知识精英极端亲美，希腊也有类似情况。

如今，“噩梦”（koshmar，发音类似开司米，重音在 a 上）是莫斯科人的流行词；我不禁想起，贝尔格莱德人也常说“见鬼，伙计”。

所有外国名字，如公司名字、广告中的品牌名都要用外文字母和俄罗斯字母标注出来。这一规则已经写进了法条。例如比萨店的招牌，除了写明“Pizza”，还要印上“Пицца”。

我在莫斯科新城里看到广告标语——“时尚总汇！名牌服装大减价！”这才意识到曾经的奥运场馆如今被改造成了购物中心。

餐馆和咖啡店里从早到晚都播放着热情的音乐，而塞尔维亚的习惯则截然相反，人们似乎喜欢恬静的主题音乐。

自动取款机每次最多提取一千五百卢布（约五十美元），于是，常常可以见到有人在自动取款机前“蹲守”二十多分钟，不厌其烦地重复着取钱的流程。

酒店里必须刷磁卡才能进出，开门时会听到安全提示：“为了您的人身安全，请锁好房门，扣上金属防盗链。”我在美国酒店，也曾听到类似的提示。

“俄国斯丹达”是当地最有名的伏特加品牌，它在广告中宣称“只钟情最后的3%”。3%指蒸馏后的酒精含量；这一蒸馏技术的成本十分高昂，要知道，其他品牌通常的酒精含量为7%或10%。

俄罗斯巧克力

1997 年时，我写作了游记《文档里的俄罗斯》，里面有这样一段描述："实际上，俄罗斯市场上少有本地的产品。据说，本地的制造成本远高于进口。只有少数商品是俄罗斯制造的，他们也出口产品，却并不以此为荣。"如今，我必须推翻过去的判断，2001 年，尽管他们仍从外国进口商品，但本地的产品全面覆盖了俄罗斯市场。

我曾经十分羡慕游记作家，一度觉得他们对风俗、风景、人文和其他现象的描绘并不会过时。但现代社会的发展如此迅猛，事物的变化不断加速，早在 20 世纪初，印象派画家们就敏锐地意识到这一点。当我数次提笔记录旅行见闻时，也终于体会到为什么莫奈为了呈现鲁昂大教堂的全貌，会在一天中不同的时刻去观察不同光线下的教堂。

让我们看看俄罗斯随处可见的本地商品吧。它们设计精美，包装已经和进口产品相差无几，商品供应量充足；我亲自端详、试用或者试吃了若干样品，品质上佳。我不禁再一次发出感叹：它们符合世界级标准，但每一个细节都渗透了十足的俄罗斯风格。俄罗斯人探索出了新路。

现居美洲的俄罗斯裔作家亚历山大·格尼斯曾在《血面包》一书中揭露了苏维埃时期那些危害生命的食品。书里并没有意识形态评判，而是以罗列菜单，罗列政府出台的有关营养的法规、广告、标语、食谱和商店中各色商品的清单的方式，还原苏联时期的食品状况；由展开学术分析,进而挖掘种种问题的根源。这本书让我们了解到革命之前俄罗斯人的传统饮食。政治革命前后的饮食状况不可同日而语，可以说，个是天堂，一个是地狱。

许多人还记得苏联时期商店门口排成长龙的人

群，货架上的商品少得可怜。以鱼罐头为例，排队的人要足够幸运才能买上一罐，尽管这罐头恐怕要用钻子、锤子、铲子甚至炸弹才能打开。谁叫这是苏联产的罐头呢。

我在莫斯科旅行时拍了许多照片，我妹妹曾指着其中一张照片问："你是在哪里的教堂拍下这张照片的？"那并不是教堂，而是托娃斯卡街上的一家食品商店。这家商店的历史可以追溯到19世纪,名为"耶里斯夫斯基食品店"[1]，以店主的姓氏命名。

商店有着豪华的大厅，大厅的墙壁是黑色的，搭配着黄铜装饰，涂抹着金粉；方格天花板上悬挂着水晶吊灯（和教堂里的一模一样），墙上还挂着人像油画，此外还有雕刻精美的装饰性立柱，正对大门的地

① 耶里斯夫斯基公司成立于1843年。耶里斯夫斯基家族的商铺遍及圣彼得堡、莫斯科、基辅。他们甚至在法国的波尔多地区和美国的马德拉有葡萄园；此外，公司还发展海运和航运业务。社会主义时期，这家商店的命运耐人寻味，一度是这个国家最好的商品仓，特别是对那些有关系的人而言，更是上好的粮仓。勃列日涅夫去世后，安德罗波夫担任苏联国家安全委员会的负责人，他唆使法庭以惩治腐败的名义审判以耶里斯夫斯基公司总监为首的商人；总监被枪决。但实际上，很长时间里，正是这位总监通过自己的关系为共产主义政权的全体领导人供应了包括法国红酒、鱼子酱在内的"短缺"商品。

方是金色的货架，多么美妙的地方啊……茶就有几百种，包装各异，有的装在复古铁盒里，有的装在箱子里，也有的装在小匣子里，或是袋子里的；还有各式各样的咖啡、香料、调味酱，就连鱼子酱也按照用途不同分为红鱼子酱和黑鱼子酱两种；前菜、乳酪、鱼，应有尽有，鲟鱼和鲱鱼有新鲜的、腌制的和罐装的三种；各种巧克力制品、各式各样的糖果，即食沙拉和外卖食品的柜台一眼望不到尽头……总之，这里的食品既体现了西式餐点的精致与时尚，也展现出老派俄罗斯美食的丰富和高要求。这里的商品有一半以上是本国生产的。

伽利玛出版社曾推出一本足有两块砖头那么厚的大书，书中收录了一对俄罗斯姐妹——莉莉娅·布里克和艾尔莎·特瑞欧乐——五十年间的通信。莉莉娅·布里克定居在莫斯科，艾尔莎·特瑞欧乐则定居在巴黎。姐妹俩都是作家，也都嫁给了作家，莉莉娅的丈夫是弗拉基米尔·马雅可夫斯基，艾尔莎则的丈夫是路易斯·阿拉贡。书信内容涵盖了 20 世纪后半叶俄罗斯和法国的历史以及姐妹俩各自的人生。你可以从书中了解当时的一切，从知识界逸闻、政治事件到内衣潮流。这本书提供了一系列复杂琐碎、趣味盎然的史料，但作为女性之间的通信，令我印象最深的是关于购物清单的段落。很长时间里，莉莉娅会让住在巴黎的姐姐帮她购买化妆品、帽子和香水。另一方面，在1974年，艾尔莎也希望妹妹能从莫斯科寄两样东西给她：鱼子酱和巧克力。好吧，鱼子酱，可以想象。但为什么会有巧克力？

制作上好的巧克力需要一点魔法，特别是那些精致的巧克力糖。想要得到一流的口感，你必须将各种成分搭配起来，要想掌握配比和分寸，需要一次次尝试，这也是瑞士能成为世界顶级名表和巧克力生产国的原因。巧克力需要提炼；要创造“大师之作”，需要炼金术般的技巧。

几年前，我访问莫斯科时，收到过一盒巧克力，这是我第一次知道俄罗斯也产巧克力。那时的情况和现在一样，日程安排让我们没时间去享用一顿正餐，我只好将这盒巧克力当作午餐。巧克力盒看起来有些廉价，像是转赠的“二手货”。正方形的巧克力似乎无法激起你的食欲，但当你将巧克力放入口中……你为之惊艳！巧克力的形状丝毫没有影响它的滋味，口感堪称一流。

感谢 M 的读者，这一次我们收到了许多巧克力礼盒，我终于有机会将俄罗斯所有的甜品尝个遍。它们的包装外盒都非常精美；必须说明的是，这些巧克力礼盒无论是设计还是命名都借鉴了帝国传统、民间文化和艺术遗产："灵感""俄罗斯之雪""鸟乳""秋之华尔兹"……这些俄罗斯糖果的味道和瑞士的瑞士莲巧克力不相上下，但瑞士巧克力的口味不及俄罗斯巧克力丰富。

本节一开始，我就提到制作巧克力需要魔法。最后，我只能说我对俄罗斯一无所知，我对这个神秘国度的每一样事物都一无所知，然而，这就是俄罗斯的魅力所在。

喜来登酒店里的女孩

在异国的停留时间虽然短暂，我也因此愈加兴致盎然，看得越多，看得也越深入。紧密的日程让我不得不敞开所有感官去专注最令人兴奋的细节，试着窥一斑而知全豹。

我还记得，头一天的行程让我们精疲力竭，第二天我们很晚才来到莫斯科喜来登酒店提供早餐的大厅，当时早餐时间就要结束了。

自助餐桌是20世纪的特殊产物，丰盛的餐桌展现了地球母亲对我们的慷慨。如果油画里一动不动的祖先们活到现代，恐怕会陷入沉思。喜来登酒店的自助餐桌上，放着“早上好”的标签，固定在餐桌上的白色绸布上摆满了美味佳肴：三文鱼、红鱼子酱、白鱼子酱、热薄饼、冷薄饼、红糖奶油燕麦粥、俄罗斯蘑菇，还有经过一百零一道工序加工的鸡蛋、鲱鱼、鸭肉、猪肉，以及混合各类干果富含维生素的沙拉、精美的麦片、奶油、果酱、品相上佳的水果、蛋糕、饼干、甜食、开胃点心、从法瑞德进口的奶酪、让人垂涎欲滴的培根、法兰克福香肠、腊肠、萨拉米斯肠。俄式大茶壶旁是一整排种类不同的茶叶、各类杂粮制成的白面包和黑面包、果汁、含糖软饮和无糖软饮、盛在银色香槟杯里的皇家依云矿泉水……此外，还有一张单独的黑白配色的餐桌，提供的是日式早餐：味噌汤、蒸米饭、寿司、盛在异国情调的漆器匣里从远东进口来的佐料。

许多外国住客已经匆匆吃过早饭，一些看不出身份的俄罗斯宾客还在享受美食。他们看上去像是“家人”，围坐在离我们不远的大桌边。大约七八位男女，看上去年纪都不会超过三十，他们穿着体面却又不过分奢华；看他们的长相、身材和举止，猜不出他们是否出身名门，也看不出他们的学历和财富水平。他们交谈甚欢，分享着同一只餐盘中的奶酪，看起来就像刚刚享用过午餐的一家人；当然，希腊人和朋友、亲人一起去餐馆时也是这副样子。他们的举止和五星酒店的氛围不符，“属于”这里的人通常会假装自己是在教堂，否则就是不合时宜，甚至粗鲁。当然，他们的举止并不粗俗，只是太过兴奋了，和期待不符。

这群人中有一位看不出年龄的年轻姑娘，说她十岁或者十五岁都不过分。她像是这群人中的主事者。虽然看不出她的年龄，但她的举止颇为成熟，不过，并非小大人式的早熟；她的眼睛光彩熠熠，举止谦逊，表现出与生俱来而非后天习得的好教养；她甚至没有坐在椅子上，而是站着用餐，但绝不是孩子气的举动，不过是一种个人习惯，没有丝毫哗众取宠抑或乖张捣蛋的意味；她在餐桌边高谈阔论、妙语连珠，发出爽朗的笑声（有趣的是，这笑声并不会打扰其他宾客！），却没有抢白他人、自我中心的意思。她身边的这群人中没有她的父母，他们更像是她的哥哥或姐姐。

女孩只取过几次日式料理，举手投足间颇有仪式感，不紧不慢，接着用漆器筷子熟练地夹起寿司！她的举止显然和年纪不相称，这个年纪的孩子竟如此熟悉“日式料理”！竟然会却对自助餐桌上的美味佳肴视而不见！要知道，成年人在这样的场合也难免表现得像个孩子，往盘子里添上不那么爱吃或者吃不下的食物。贪婪的人往往无法做出判断，无法倾听甚至听不见心声。这个女孩却可以。她没有迷失自我，独自做出正确的抉择。

喜来登酒店里的女孩，让我看到了新俄罗斯和新俄罗斯人，看到了幸福的生活、时代的机遇、高尚的品格和开明的精神。她从历史的烟尘中走了出来，浑身散发着俄罗斯人的典型气质：他们注重内心世界却又充满激情，在经历颓废后练就了老辣的手腕，在现代社会的博弈中表现得雷厉风行；他们想象力丰富，落拓不羁，生性散漫，对奢侈品有着天生的好品位；他们如此风雅，浑身透露着古典的清新；他们对自我的要求令人敬畏,在决断时出于本心；他们头脑聪敏、思维敏锐，在审时度势的同时绝不放弃对自我实现的追求。

埃及纪行

上次去埃及，是在十年前。当时，我从埃及带回了一张印着一群鹅的莎草纸，它的原版最早藏在美杜姆金字塔内。如今，原版被收藏在开罗博物馆，看起来仍像一幅新近印刷的作品，尽管它的历史已经有4600年，颜料仍旧生动光鲜。

画中的鹅分为三组，每组鹅按照一、二、二、一的队形排列。如果将莎草纸对折，我们会发现这些鹅是镜面对称的。它们就像那些既可以从左往右读、又可以从右往左读的回文。这些和螃蟹一样对称的回文，可以是数字，也可以是文字。

例如，塞尔维亚词 POTOP[①]。

2002 年，我重返埃及开罗。2002，也是回文。

古埃及的一切都是对称的。而现代埃及的一切——至少在首都开罗——都是不对称的。

埃及或者说开罗是世界上唯一一处可以让你同时感受五千年文明的地方。观者们感受这五千年文明的方式并不相同，有的试图感受文明的延续性，有的关心当代，有的只关心古代，有的依照年代顺序按图索骥，有的则无所谓时代，有的只关注细节和片段，有的则希望获得整体的印象，他们有的好奇，有的没有耐性，有的满怀热情，有的心怀敬畏，有的有备而来，有的出发前对埃及一无所知……但这些并不重要。在我看来，这里散发着岁月和文明的迷人魅力，足以让盲人复明，让聋人复聪，让动物为之感动，让植物开出别样的花朵，散发丰收的香气。

丈夫和我在开罗停留了五天。算起来，我们每一天可以跨越一千年。我们正是这么做的：兴致勃勃，

---

① 塞尔维亚语，意为：洪水。——译者注

势在必行，不愿放过世间罕有的机缘。

在埃及，诞生于公元元年之后的一切，都称得上年轻。开罗及周边土地上的一切，不仅指引着人类的方向，让人类对财富、长度、重量、时间有了感受，更像心灵的天平，让人们不至于在时间里迷失自我。类似地，你在其他大洲旅行的时候，这种感觉也会格外明显，例如非洲，例如与亚洲相邻的国家，例如那些地跨两大洲的国家；你甚至会发现人们读写的方式都有所差异，阿拉伯语从右往左，但古埃及象形文字既可以从左往右，也可以从右往左，甚至还可以从上到下；你甚至还将面对完全不同的信仰，有的存续至今，有的却已经“死去”——伊斯兰教、科普特正教还有古埃及的信仰。置身充满无数未知事物的世界、但不至于迷失，唯一的方式就是以开放的心态接受一切。开放，也是当今埃及的气质。

埃及成就了尼罗河，尼罗河成就了埃及

是什么让古埃及如此独特、强盛和富足？是什么成就了古埃及的一切？答案很简单。作为一个独立的国家和文明，古埃及的历史通常可以追溯到著名的公元元年之前，比公元元年早三千年；而基督教“漫长”的历史则是从元年开始，至今不过两千多年。①

可以说，这片尼罗河谷，诞生了自我与他者、白与黑、时间与永恒、一神论与多神论、古代历史与当代历史、新与旧、外部世界与内部世界的概念，这一系列相对的概念也是现代人重要的参照和基准。

---

① 埃及学专家曾比对过，当欧洲还是沼泽和森林的时候，埃及已经是一个文明古国。

所以到底是什么让古埃及如此独特、强盛和富足？是什么成就了古埃及的一切？答案很简单，是尼罗河，它曾流淌在古埃及的中心。

如果将尼罗河比作时间，那么它周围的沙漠就是时间之外的永恒。如果我们将尼罗河想象成一条时间轴（时间的长河），我们会发现古埃及的历史，那三十一个王朝的更迭，并非总是沿着河谷自北向南顺流而下，在某些时刻，当强大的征服者出现时——古希腊人、古罗马人、拜占庭人和阿拉伯人——它不得不倒退回北方，回到尼罗河三角洲。

每年，尼罗河都有“泛滥”期。千百年来，烂泥中长出的庄稼成就了超越时间的美景，成就了一处随季节嬗变的纪念碑，供我们瞻仰、惊叹。① 被热海般的死寂沙漠包围着的河水和庄稼展现出超越生死的美——生存之美。

埃及是一片没有土地的土地。它的沙漠面积远多

① 几千年来，尼罗河流域从 6 月底到 9 月中旬都会泛滥，直到 1902 年，阿斯旺地区建起了大坝。从此，这里不再有洪水，现在，沿河的农民开始使用人工肥料。

于耕地。尼罗河流域狭长的沃土成就了世界上最伟大的文明之一，正是这如此独特的地理和生物性质成就了埃及。如果说金字塔是世界第七大奇迹，那么，埃及的国土无疑是世界地理的奇迹。

一个广为流传的说法是古埃及人迷恋死后的世界，但我并不完全认同。我觉得我们的出发点就错了。争论的重点不应是死亡。他们对死亡的沉迷，源于对永生的渴望！他们的宇宙观以生命为中心，而非死亡。考古和历史研究多数通过坟墓中的遗存还原过去的生活。可以说，那些关于死亡的事物，在某种程度上，更容易完整地保存，长久地留存。对于这一点，在尼罗河畔不断创造奇迹的人们比其他的民族理解得更深，也做得更好。藉由死亡，他们才真正实现了永生。不同时期的文化和艺术都受到古埃及的深刻影响，古埃及人也由此通往永恒。时至今日，世界范围内的“埃及热”仍未退却，与埃及相关的图书、讲座、专著、电影以及古埃及的文物收藏更是数以千计，甚至还有成千上万的现代人宣称他们是古埃及人转世。占星术、几何学、灵修也与古埃及有关。古埃及文明的影响力难以估计。

如今，地球上的角角落落都能够找到古埃及文明的痕迹，埃及人无疑获得了永恒，法老如果能够见证这一切，一定颇为满意。回报他们的早已超出他们的预想。尽管在他们的时代，他们并非征服者，但因为死亡，因为消失的一切，他们征服了永恒，拥有了无限。

*

旅行是我逃离的方式。旅行就像读一本读不完的好书，就像喷洒三次就永远芬芳的高档香水，就像博物馆里栩栩如生的画作，就像始终提供新鲜甜点的高档餐馆。旅行让我们对时间有了清醒的认识，我们穿越回古代，又从古代穿越到现在。撰写游记，更似一次故地重游。

每次结束旅行，我都会对家人和朋友讲述沿途见闻。故事总是越讲越长，我的听众也越来越疲倦。言语不足以描述我头脑中的画面，于是，我开始制作旅行相簿。相簿里夹着明信片、照片、城市的地图、博物馆门票，贴着地铁票、汽车票、船票、飞机票、火车票，我甚至还保存了糖纸、餐馆账单、旅途中的烟蒂、亲手采摘的花草。但仍旧无济于事。相册如新，记忆却蒙尘。

于是，我决定买一部数码相机，但很快我就意识到自己成了它的奴隶，仿佛是它在旅行、在看，而我不仅沦为背景，甚至还要侍奉它。设备和人脑同步的技术亟待发明。

还是得从旅行相簿下手。我开始为那些五彩斑斓的收藏撰写文字。我写了一本又一本，直到那些黏上去的“小东西”上下左右都写满了字，我这才意识到这些额外的收获已经可以连缀成文。

现在，我试着开始第二次旅行。第一次，是时空意义上的旅行；第二次，则是藉由书写，这次旅行所需的时间不比亲身前往的时间短，甚至更加漫长。纸上的旅行同样能给我快乐，实际上，快乐的感觉或许更深刻。将印象和画面转化成文字，需要敏锐地抓住精髓，在某种程度上是在混沌中创造，这个过程丰富了我的生命，让我领悟到生命更深层的意义。

旅行一次次启迪了我的心灵。

开罗的街道，冒险家的天堂

游客在抵达金字塔、博物馆[①]、清真寺、纪念碑之前，必须要应付开罗的交通。它就像一处流动的纪念碑，留给游客难以磨灭的印象。

白天，开罗有1600万人口。到了晚上，则会多出400万人。前往开罗之前，我曾读到相关的描述，颇为不解。当我真的置身开罗，游览这里的街道，见识了夜晚的阿拉伯商业区，才“实地”理解了数字背后的含义。放眼望去，你会发现马路和街上都是拥挤

① 开罗另外一处令人印象深刻的博物馆是当地的酒店。和在其他首都城市看到的酒店类似，当地的酒店有着严谨科学的设计，尽管这不会带来实质性的荣誉，但不得不承认，酒店建筑本身和它的实用功能会给人留下深刻的印象。

的人流。

这将近2000万人口中有300万住在名为“死城”的地方,那是古代穆斯林的公墓。你甚至不必开口问,就能猜到那里的情景!没有什么值得大惊小怪的!远渡重洋来到小城探访法老墓地的游客人数绝不比墓地周围的常住人口少[①]。

还是说回交通吧。在开罗这样的特大城市,车流就像尼罗河般川流不息。这里的一切都在挑战我们的常识。交通信号灯和标识形同虚设,甚至没有人行横道线和车道线。司机们对信号灯置之不理;信号灯指示右转时,如果司机想右转就右转,如果司机将手伸出车窗则意味着他预备左转。尽管这里没有规则,车辆却照常行驶。绝大多数的马路仅一个方向就能开出六七个“车道”。有些机司机则颇有想象力,他们觉得占用其他车道,道路便可以“扩宽”,于是,车流

① 某一年,我和丈夫在巴黎时,他曾建议我去游览拉雪兹公墓,那里是很多欧洲名人的永恒安息之地。我看着地图上的拉雪兹公墓,惊讶极了,公墓不仅有街道,还有数目众多的“建筑”,我认为那就是典型的欧洲公墓。我前后去过两次埃及,两次都进到了金字塔也就是坟墓的内部。为了参观,我还必须买票。埃及用建筑和门票隔绝了活人与死者。

迅速变成许多条滑向不同方向的蜿蜒“蛇阵”。

这里有无数和阿拉伯文字一样扭曲的地下通道、天桥和环岛，它们飞越清真寺的塔尖，藏在古代河沟下，横亘在平地和那些尚未封顶、被本地人用来堆放废弃物的建筑之上。

街上的车多数是老古董。尽管这里有许多载客的交通工具，例如可以容纳三十人的巴士车，还有黑白相间的出租车，但这里的出租车和英式轿车一点不像，它们更像是瑞士褐牛。夜里车灯亮起，出租车司机便成了开罗马路上的“法老”：天线的顶端装饰着耀眼的绿色球形卤素灯；刹车灯下安装着蓝光激光灯；车后窗上挂着一长串巨大的玻璃珠，行驶的过程中它们将上演灯光秀。至于巴士车，它们只在终点才会真正停下来，经过沿途站点时，只稍稍减速，好让乘客跑步上下。

马路上不仅有车辆，还有行人和动物——例如驴子、羊和肩胛肿大的水牛（它们像是从史前岩画中走出来的）。当然，还有阿拉伯风格的观光马车；每当马车拉着活牲口和死牲口、纸莎草秆、笼装的肉鸡、形似乌龟的皮塔饼经过时，街道便格外嘈杂。

每一只车喇叭都会发出不间断的急促而又尖锐的轰鸣。破旧的车载音响被敲得嘟嘟直响。司机们透过从不关闭的车窗，冲外面大喊大叫，打着夸张的手势。

伴着昼夜不息的喧哗，水蒸气和汽车尾气扑面而来，此外，还有无孔不入的沙尘，沙尘为整个首都蒙上了古老的色彩。每隔一段时间，会有到祷告声从成百上千的塔楼里传来，将巨大的噪音掩盖。祷文犹如声音的堤坝，将一拨又一拨的音浪阻挡在都市之外。

在开罗，外国人没法过街！因为他们简直无处下脚①。

*

欧洲人第一次置身开罗的车流，难免眼冒金星，双耳发胀。

---

① 我们曾问一位熟人，在埃及的首都该怎么过街，他告诉我们："只管迈出第一步，然后一直走下去，直走到对面。阿拉真主会保佑你。" 至于阿拉伯人，则深谙此道，过街对于他们，不过是 "小菜一碟"。好几次，我们以塞尔维亚人的认知穿越街道，却举步维艰，仿佛自己在拿性命下注。

不过，如果你愿意对这“流动的纪念碑”稍做观察，就会发现在混乱中寻求完美的秩序，恰恰是中东人的智慧所在。

开罗鲜有大型车祸[①]和交通堵塞。人们只在十字路口会注意到红灯，至于其他的交通信号灯，则被忽略了，仿佛和道路安全毫无关系。司机们是如何学会这一套的，我也不知道，但这一套在这儿行得通。一些岔路口则会有交通疏导员手持网球拍似的发光棒指挥交通。开罗的驾驶员“迫不得已”才会停车（他们百般不情愿），因为为了不污染空气，他们一停车就需要熄火。至于那些如动物叫声般的短促尖锐的喇叭声，只在必要的时候用来威慑快要撞上的行人；至于行人嘛，可能在车的前面，也可能在左边或右边，甚至在车后面！

开罗的真实交通状况让我颇感意外。基于欧洲经验获得的一切生活常识受到了强烈的冲击。我安慰自

① 不过，这里是小事故的高发地，每一辆车都坑坑洼洼的，就连豪车也不例外。另外，除了那些“古董车”，塞尔维亚产的渔歌（Yugo）牌汽车也不少。我在开罗的酒店阳台上，曾望见远处有一辆敞篷车，透明的底盘处亮着，让人联想起伊斯兰教的绿色荧光灯。

己，没关系……一种高度发达的文明必定优先考虑弱者、行人，保护手无寸铁、身无铠甲的人。但不得不承认，在开罗，可怜的行人会面对更多的危险。

某个不经意的时刻，我也意识到了问题没有我想象得简单。

我们住在海尔南－谢普赫德酒店[①]，站在酒店的阳台上，尼罗河和河畔的现代都市一览无遗。一天晚上，我看见一群刚刚落地的游客正准备横穿一条单行道，他们预备前往街对面的码头；夜色中，一辆豪华的游轮——“金龟子”邮轮——正在靠岸。他们等了好一会儿，期待有司机能意识到他们要过街（司机们永远不会发觉），期待车与车之前能留出一点通道（这种事永远不会发生）。终于，他们的导游出现了，那位导游不仅是专业的组织者，还充当起引导游客过街的角色。他径直走到路中央，挡住了车流。随后，游

① 除了知道酒店的名字，我们还必须清楚该如何称呼这个酒店。海尔南是这家酒店的“姓氏”，因为它隶属于海尔南连锁集团，谢普赫德则是它的名字。开罗有好几家希尔顿酒店，类似地，这里好几家有着相同“姓氏”的海尔南酒店。例如，你告诉出租车司机你要去希尔顿酒店，他仍旧不知道你具体的目的地。不过，如果你告诉他是名为拉美西斯或者尼罗河的那家希尔顿，他会立刻明白你要去的是哪家酒店。

客们以欧洲人那种不紧不慢的步速走到了街对面。至于那些被拦住的车，才停下几秒钟，就已经排起了浩浩荡荡的千米长队！

我突然意识到，横穿马路的行人、信号灯、交通警察，还有马路上的车道线，也可能阻碍交通！交通堵塞的罪魁祸首，可能是交通规则，可能是过强的组织意识（当然，也可能是缺乏组织意识）！要知道，在欧洲，你有太多禁区。

透过这些现象，我不禁联想到整个人类文明，想到一个更为骇人的事实。究竟是什么让文明不断向前？又是什么让整个文明在某一刻停止？

*

我猜，如果埃及人在瑞士过街，也要费一番脑筋吧。

*

我想，旅行作家的文章理应获得最高的稿酬。这笔账再清楚不过：旅行的费用远远高于你买一本旅行书的花费。旅行是奢侈的，同时也意味着艰难与危险。恐怖袭击、战争、病毒、天灾……或许我该揽点为旅行社写出行指南的活儿，这样至少可以免掉旅行的费用。

在记录一座城市之前，我至少要阅读几十本与旅行主题相关的书籍：指南、导览、历史书、学术专著、虚构作品、评论和概述——有纸质版，也有电子版。我必须完成前期准备，即使这些材料并不能直接体现在文章里！有点愚蠢，我知道，但事情就是这样。因为，我要写的既不是历史、导览，也不是评论、概述。那些知识性和常识性的材料是不可见的背景，就像剧院屏幕后复杂的装置，它们从来不会出现在幕前，但正是它们投影了整幅画面。“那又怎样！？”你大概会说，“小说家为了增加文章的可信度，都会这么做！”是的，但小说家不需要旅行，而且也不需要为此花钱。他们可以想象一次旅行，虚构情节和人物；但我不一样，我只写真人真事。我得对自己负责！

我不会相信被篡改的历史

世界各大博物馆都收藏着埃及文物，否则它们就称不上“大”博物馆。它们不一定要有古典时期、古希腊罗马时期的收藏，但一定要有古埃及的展品。

如果你知道流失在海外的古埃及珍宝的数目，一定会为那些仍旧保存在开罗的埃及博物馆内的珍宝着迷。[①]

开罗的埃及博物馆是一家小型博物馆，你只需一天时间就能逛完。它并非像卢浮宫博物馆、普拉多美术馆、艾尔米塔什博物馆那样的大型博物馆，但当你

① 我们有必要提一下古埃及人的“监守自盗”，那些盗墓者通常就是建造墓穴的人，甚至有些法老会将前人雕像的面貌和装饰重塑成自己的样子。

看完全部展品，你会发现，除了古埃及的珍宝，你可以欣赏各种风格的珍品：古典、前文艺复兴、文艺复兴、浪漫主义、哥特、巴洛克、洛可可、帝国风格、维也纳分离派、现代艺术……触目所见都是经典代表作。你将见证公元元年之后，整个世界对新艺术风格的不懈追求。如此说来，开罗博物馆也该纳入世界上最伟大的博物馆的行列。不仅因为它收藏的都是传世佳品，还在于它在呈现标杆式作品的同时又体现了丰富的多样性；当然，最重要的，它呈现了最纯粹的美。

我可以自信地告诉你，如果你想对世界的起源和发展有扎实、深入的认识，甚至不必前往世界上其他的博物馆，开罗博物馆就可以满足你。博物馆里的展品穿越了时间的重洋，最早可以追溯到公元前2500年。这里的历史成就了这独一无二的国家、独一无二的文化与文明。

然而，在参观开罗博物馆后，我不禁开始怀疑，古希腊之所以被视为欧洲艺术的发源地，极可能是大肆鼓吹和篡改历史的结果；欧洲艺术之根实际上在古代埃及！

我过去所了解的不过是一段被篡改的历史？！

猛然的顿悟，让我惊诧不已。

此外,让我倍感震撼的是展品所呈现的人体之美。数以千计的艺术品和工艺品呈现了最美丽的面孔和人体，我不禁屏住了呼吸。你只需购买一张开罗博物馆的门票，就能获得和我一样的震惊体验，体会两种别样的美：自然之美和艺术之美。

我们都明白，古埃及文明已经消亡。如今，它的基因或许还残留在埃及科普特文明和正统的基督教文明的血液中。我不知道这种说法是否可信，我怀疑还有其他血脉。比如,阿拉伯人和科普特人就颇为相似,阿拉伯人甚至会同一位科普特人抱怨另一位科普特人——就连阿拉伯人都会将科普特人错认作同胞——这样的事并不少见！我发现，现代埃及人的脸孔与博物馆里那些典型的古埃及脸孔有着相似的特征。在某种意义上，古埃及人的确实现了他们的愿望。他们获得了两种意义上的永生——自然赋予的肉身之美和灵魂创造的艺术之美延续至今。

开罗博物馆的美丽保卫战

在现代埃及，出入博物馆、酒店、购物中心、高档餐馆一类大型建筑时，安检的复杂程度堪比机场。你必须先通过金属探测门（掏出口袋里的东西），对随身物品进行X光扫描（包括你的外套），之后会有专人检查你的手提包（包括女士用小手包）；最后，还必须通过手持金属探测器的检查[①]。20世纪90年代中期，开罗博物馆前曾发生恐怖袭击，造成了几十人死亡，此后，开罗开始大范围地推广安全预检措施。

① 进入埃及的博物馆之前，不仅要检查是否携带了武器，还要检查是否携带了相机。携带具有存储功能的图像摄录设备会额外收取一定费用，价格可并非象征性的“意思一下”。

不仅如此，博物馆周边每隔十米就会有一位装备自动步枪的士兵。在吉萨金字塔群附近，也会有相同的武装力量和警察维持秩序[①]。这也是为什么在设计开罗博物馆时，它首先被视作一处军事设施，其次才是储藏艺术瑰宝的仓库。

博物馆包括地下一层和地上一层。整个地上一层有超过一半的场地用来展出图坦卡蒙墓的宝藏。这些都是绝世珍宝，能够亲眼见到埃及极尽奢华的作品，无疑是我们的幸运。欣赏完这些精致的展品之后，你可以选择继续欣赏那些最为简约的展品。

此外，会有一些展品单独展示，它们不是常规展出，而是设置在博物馆内的特别展览。特展位于走廊尽头的一处房间，必须再次通过安全扫描才允许进入；当然，还要额外购买一张门票，票价甚至高于包含携带摄影设备费在内的常规展门票。展馆里陈列新

---

① 如今人们已经不能直接进入金字塔内部，只能走到“官方指定”入口处。距离入口十米的地方会用安全绳拦住，里面会有士兵和游客安检人员来回踱步，像一些移动的小石碑。之所以说他们像石碑，是因为他们不像围墙上的女像柱，他们什么责任也承担不了。他们只不过是拿着枪。我在埃及的最后一天，曾经登上吉萨金字塔的第四“层”。你会发现原来美景背后是危险。

近对公众开放的“展品”。那本堪称完美的塞尔维亚语导览上并没有博物馆这部分展区的介绍。展馆的名字倒是简明扼要——木乃伊馆。

一进走廊，你就会闻到一股奇怪的味道，这味道并非来自木乃伊本身，这是世界上最神秘的味道之一。类似的味道也弥漫在通往金字塔内部的通道里。

随后，你将进入一间略显狭小的内室，内室里有许多石柱，石柱间摆放着许多玻璃棺，木乃伊就在这些玻璃棺里。这样高密度的死亡展示无疑让你震惊不已——漆黑的脸孔，羊皮纸般干枯的皮肤和指甲，洞开的嘴，骇人的头发、双脚和手腕。裸露在外的身体已经变得焦黑，包裹躯干的纱布格外苍白。你慢慢从最初的震惊中平复，试着仔细地打量他们，你几乎能够看清他们的脸，看清他们超越前世今生的容颜。

他们是谁？馆内没有说明，也没有博物馆工作人员为我们答疑解惑，只有角落里的警察例行公事地望着我们……

最后，我终于发现玻璃棺边的石柱上嵌有小小的铜牌，写明了他们的身份：阿蒙霍特普一世、图特摩斯二世、图特摩斯四世、塞提一世、拉美西斯二世、拉美西斯五世……法老们像睡美人一般，一个挨着一个，并排躺在玻璃棺里。

这时，两位包着白色头巾、穿着惹眼的阿拉伯女子手持玻璃擦走进展厅。她们开始擦洗玻璃棺的外立面。

“她们在为法老们擦身子。”丈夫在我耳边低声说。

后来，我们在一本书中读到有关开罗人搬运法老们的内容。因为没有任何一部行政法规涉及法老木乃伊的运输方法，于是，开罗人搬运法老的方法和搬运咸鱼并无二致！

*

亲爱的读者，你们大概以为作者会稍事休息，然后继续那段旅程，继续那段心灵的启悟之旅。好吧，你们猜错了。我之前提到过，古埃及是一个追求对称的国家，但现代埃及追求的却是不对称。我的确会稍事休息，但接下来讲述的或许并不符合你们的期待。

塞尔维亚有一位名不见经传的文艺界人士。他有一个颇为老派的名字——德米特里·纳斯第。有些人知道他，因为他曾在普特尼酒店和康提基号上担任导游；有些人知道他，则因为他是吉他老师。丈夫和我则将他视作一位特殊的作家和历史学家。他的作品往往冠以诸如《开罗》《耶路撒冷》《追寻法老的旅程》一类让人联想起旅行指南的标题——实际上，这些作品是他自费出版的。俄语中有个专门的词来描述这类书籍——“samizdat”[①]，可以想见，他是如何戴着镣铐跳舞的。

德米特里·纳斯第的作品为旅行者提供了明晰的导览信息和切实可行的建议，可以让旅行者有目的地游览。他具备塞尔维亚主流历史学家所没有的历史知识，以分析和综合的方式娓娓道来。他深谙虚构的魅力，能够精准地把握细节，擅长给文章“加料”；这恐怕是他的作品最重要的特质——一点都不乏味。

---

① 俄语，意为：地下出版物。

以《耶路撒冷》为例，虽然标题简明扼要，内容却涉及犹太民族从诞生至今的漫长历史，尽管作者并不打算将这本书限定为历史悬疑故事，但它引人入胜的程度足以令你爱不释卷。此外，你还可以从中获得具有指导意义的游览信息：地图、旅行日程、实地图片、行政区划和地址信息。

最后，让我们用米特·纳斯第[①]的话结束这段插曲吧。虽然他并没有参与我们的埃及之行，但在某种意义上，他也一直陪伴在我们身边。他在《开罗》一书中曾这样点评当地人对讨价还价的理解："集市允许你讨价还价。一般说来，卖家的报价会高于他的底价。但如果你特别中意某样东西，通常也必须用相对较高的价格买下它。不过，即使你付出的比别人多，也谈不上吃亏，因为一切出于自愿。如果将你对那样东西的渴望也纳入买卖，高价似乎也就合情合理。这其中暗藏着东方式的金钱观：千金难买爷高兴。"

---

① 米特（Mita）是塞尔维亚语中德米特里（Dimitrije）的昵称。

商业街掠影

开罗的商贸活动在上个一千年更为活跃。但是到了现如今，我甚至可以明确告诉你，如果你想买埃及香精，任何一家欧洲护肤品店都比开罗本地的好。之所以这么说，不仅因为购物体验和商品本身，而是基于方方面面的考虑；更何况，在欧洲，埃及商品的原料一直颇具争议。

汗·哈利里大集市是阿拉伯世界数一数二的商业街，它曾是开罗最大的集市。如今，这里仍旧充斥着古老东方的华丽色彩、诱人货物和醉人香气。它的历史长达六个世纪。它从旧时代走来，到了新世纪，已经无法掩饰骨子里的倦息。它迷茫了，不知道该通往何处，犹豫是否该继续沉醉在旧梦中。实际上，它别无选择，只能任凭自己在时光里蒙尘。商人们无精打采地吆喝着，就像强打精神的演员一样，用蹩脚的英语重复着已经念诵了千百遍的陈词滥调：“你好哇，我的朋友！你从哪里来？看过来呀……价钱好商量……！”每位进入集市里的游客都会被兜售伪劣莎草纸的黏人女孩、憔悴老妇和英俊少年缠住。现如今，开罗人竟会央求你买一张草纸！

汗·哈利里大集市唯一的亮点是它迷宫般复杂的街道，这些街道仍旧保持着中世纪风貌。如果你的目光在某个不经意的瞬间越过喧嚣，你会发现就在集市背后，是年久失修却不失壮丽的清真寺和房屋。夜幕降临之后，汗·哈利里茶屋成为集市中最诱人的地方；这里一度是本地精英的约会场所，现在却坐满了来自世界各地的男男女女，不同信仰、不同教派、不同文化背景、不同性别的人们聚在一起抽水烟、品薄荷茶[①]，街边的商贩几乎每隔两分钟就会凑过来，兜

① 我们对侍者说：“两杯薄荷茶，谢谢。”于是，侍者对旁边的人一边竖起两只手指，一边大喊道：“Nana！”Nana 在塞尔维亚语中也是薄荷的意思。

售伪劣的莎草纸、小小的茉莉花环、印有法老的彩色贴纸和所谓“货真价实”的劳力士手表……

珠宝店拥挤的玻璃橱窗里，“姓名雕刻，可选象形文，打造属于你的黄金椭圆浮雕牌”一类的广告语格外醒目。现在，人人都可以成为法老。

我没有定制刻着姓名的象形文浮雕牌，只买了一尊“行业前辈”的雕像。那是托特的雕像，托特是写作者的守护神。雕像的身体酷似一枚金鸡蛋，双脚和用来书写的尖喙则是铜质的，被处理成淡绿色。

令人意外的是，开罗最多的店铺既不是纪念品商店，也不是蔬菜店和珠宝店，而是花店。它们看起来和欧洲的花店相差无几，唯一的区别在于花秆；三月是天堂鸟和百合的季节，它们的花秆颇为惊人，足有 1.5 米长。另外，埃及柠檬的分量确实令人惊喜，一只小小的绿柠檬榨出的果汁，大约是一般柠檬的三倍！

超级市场的名字格外霸气，诸如希尔顿中心、世界贸易中心……它们的设计既有埃及元素，又融合了伊斯兰风格，进门前必须通过安检和搜查，这里的卖家不会主动推销商品，价格也是固定的，售货员对买家一点兴趣都没有（可以说是冷漠），商品的质量略优于集市，但所有商铺都山寨气息十足，看起来和欧洲的商店无甚差别。阿拉伯风格瓷砖装饰的走廊朝不同方向延伸，犹如迷宫。路牌上标着店名的商铺在现实中却难觅踪影；有的倒闭了,有的正在“店面升级”，有的换了老板。这里似乎刮起了“店铺正在装修中”[①]的风潮。

我的描述或许有失偏颇，毕竟我已经厌倦了购物，已经厌倦了这样的循环：购置大量貌似值得买的东西，用后即扔，然后忙不迭地开始新一轮采购，再用，再扔[②]。

我厌倦了数以百万计的埃及神像,无论是石头的，木头的，塑料的，还是金属的……尽管埃及神像本身无可指摘。类似的还有微型埃菲尔铁塔、俄罗斯套娃，还有鞋子、裙子、食物、家具、音乐、书籍、手机、电脑、冰箱、汽车，甚至还有生活方式本身……

① 这也是塞尔维亚最常见的标语之一。

② 商品的“新陈代谢”甚至不会超过一个季度，许多商品堪称“月抛”。

要新，还要更新；要快，还要更快。或许，这才是开罗的商业陷入混乱、停滞、萎靡的根源。他们并没有遵循自己的节奏，而是被人为的、外部的力量操纵。实际上，没有人能和这股势力抗衡，因为它本身就是反自然的。捕风者最终将迷失在混沌中；同样，追求永生者注定腐朽。

科普特女子和小个子

在我们的酒店附近有一间孤零零的小店。店铺的橱窗很小，铺着红色的毯子。里面陈列着几件首饰，工艺十分精湛，颇有点石成金之感。这些项链和手镯的设计以新世纪的极简主义手法成功地融汇了奢华的古埃及和东方元素，可谓集大成的杰作。

我们逐级而下，走进这家一半在地下、一半在地上的商店。只见一位初见老态的女子坐在一张洛可可风格的椅子里，她穿着欧洲款式的外套，懒懒地看着我们，态度十分冷漠，似乎对我们没有任何兴趣。小小的玻璃展柜后还站着一个人。那人包着头巾，穿着雪白的阿拉伯长袍，肤色黝黑，不像是阿拉伯人，也不像是黑人。小店里有两张桌子（一张用来办公，另一张用来陈列商品）；另外，墙上还打了两只陈列柜，分别展示着首饰和衣裳。我的目光转向玻璃展柜，柜子里有一块格外黝黑的黑砂石，石头上摆着美得令人窒息的首饰，真正的贝都因人[①]风格的项链。我用英语问，能否看看这些项链。老太太用我听不懂的古怪语言和展柜后的人嘟囔了几句。我分辨不出那人的性别，但可以猜到年纪。无疑，是个年轻人。

那人——就叫小个子好了——手指是黑色的，指甲却很白。小个子用修长的手指将首饰一件件取了出来，但始终没有和我们发生目光接触，而是奴隶似的垂着眼睛。

没有一个人说话。

尽管我兴味索然，还是开口问了价格。我唯一感兴趣的是那个小个子的性别。透过 M 的呼吸，我能感受到同样的困惑。

女人没有离开，从桌边站起来，甚至没有离开柜

① 贝都因人，以氏族部落为基本单位在沙漠上过着逐水草而居的游牧生活的阿拉伯人。——译者注

台，而是从右往左写了一串阿拉伯数字。她颇不情愿地用蹩脚的英语念出这串数字。这时，M突然用法语和她对话起来，法语通行于20世纪，是一种更为古老的语言。出人意料地，女人将目光从纸上抬了起来，打量起我们。接着，她的脸上浮现一种陌生的、难以察觉的少女似的微笑。她起身，向我们介绍现代风格的饰品。它们都很精美，但要价高昂，我有些后悔自己询问了价格。我用英语告诉她，店铺十分精美；M把我的话翻译成法语，她带着梦游般的神情缓缓地点了点头。

我们也梦游般地告辞，回到了街上。沉默了一小会儿，我才想起：

我还没来得及看那些衣裳！没来得及认识那个小个子！甚至不知道小个子究竟是男孩还是女孩！

于是，我们回到了店铺。一切照旧。女人坐着，小个子雕塑似的站在原处。我目光扫过女式长裙、长袖上衣，伸手触到那些美丽动人的布料的瞬间，我甚至感觉头皮发麻。丝绸的花边是女工们用银线亲手缝制的，你甚至可以感受到女工的体温……那温度，或许属于那些修长、黝黑的手指。和衣裳的价格相比，店里的珠宝反而亲和许多。

我指了指店里最美的长裙——至少在我看来是最美的。小个子小心翼翼地递给我，仿佛它是一条玻璃做的裙子。我把裙子在身上比了比。

只见小个子的脸上浮现出明亮的笑容。我感觉同样明亮的目光落在了我身上。

我这才知道，小个子是女孩！

等等，也可能是男孩?

*

人们经常对我说："你竟然只去了开罗！为什么不去卡纳克、阿斯旺、卢克索还有亚历山大城……坐火车或者轮船，一路走走停停……你根本不知道自己错过了什么！多么美妙的体验啊……为什么不去看看，你根本不算到过埃及！"

开罗足矣，我暗自思忖。我已经心满意足。

我试着说明开罗如何让我欲仙欲死，但无济于事。

随后，我听到了更多的关于当地风物和历史的空洞描述，一些言之无物的标签。对话就此结束——正所谓：夏虫不可语冰。

尽管如此，我仍旧感觉挫败，我笔下的城市已被前人书写了千万遍：巴黎、莫斯科、威尼斯、开罗……我未能免俗。我所爱的，和别人并无二致。

但我选择书写它们，因为我决意赋予为人熟知的事物以新意，因为世界上这样的城市不多，因为我去过的每一个地方对我而言都是唯一的。

金字塔，石头垒成子宫

金字塔不只是坟墓，它还是天文台、粮仓（没错，这也是它的用途之一）、几何模型、石头魔法书、联结其他文明的基站、通往来生乃至永恒的纪念碑——此外，它还展现出世间罕有的美，尽管人们时常忽略了它的美。

人们对金字塔本身古老而原始的美，常常视而不见。朴素的美被人类对于几何学、数据、经验主义、唯物主义的迷信掩盖，又或者仅仅被它巨大的身形所震慑。

在我看来，金字塔内部通往来世，它就像一座石头垒成的子宫。进入金字塔之后，我生出这样的感受。

回头看，我大概再也不会进到金字塔内部，不仅因为闯入他人的墓穴有亵渎亡灵之嫌，还因为以外力打开这通往永恒的子宫近乎违抗自然。

我曾两次进入哈夫拉金字塔，基奥普斯金字塔我也进过一次。进入的过程并不顺利，我并没有到达正中央的墓室。但上述经历也给我上了一课——千万不要进去！

前往墓室的走廊犹如产道。为了“投胎转世”，你不得不确保自己“胎位”正确：佝偻着背，下巴几乎撞到膝盖，头顶贴着拱形的石顶。你在狭窄通道里爬行时，不免生出对死亡和幽闭的恐惧，担心某一刻你会突然陷入进退两难的绝境。这里几乎没有空气。置身子宫般的石洞，你会感觉自己被一根脐带绊住了，脐带的另一端联结着子宫外的世界，一个未知的世界，一个你并不想了解的世界。你是入侵者。一股属于前朝的气味将你包围，那气味就像千斤重的石头压在身上，你感觉头脑发胀，你不知道这可怕的味道从何而来，甚至不知道该如何用言语描述。

进入金字塔后，你唯一需要直面的事情就是那被遗忘的关于生死的恐惧。

如今，基奥普斯金字塔的门票售价为十美元。

古老的贡多拉

2002年3月，丈夫和我到达吉萨金字塔群，当时整个金字塔群被军队和警察封锁了。攻击性的地面武器、路障随处可见，可以刺穿车轮的“地毯”式的钢钉则散落在角角落落。

不，不是因为战争、地雷、恐怖袭击，更不是为了拍摄某部预算惊人的大制作，而是因为某位位高权重的游客的到来。穆巴拉克总统将携某位外国元首莅临此地，参观金字塔。当地人说这阵势并不常见，确切地说，是前所未有，却被我们遇上了。这也是千载难逢的机会，我们有数小时时间眺望没有车来车往的吉萨高原，凝视没有被混乱的人群包围的金字塔；最重要的是，我们可以心平气和地近距离欣赏金字塔。餐厅的阳台是一处绝妙的观景台，我们不必像其他游客一样急于进出金字塔。实际上，金字塔只对静静欣赏它的人释放最极致的美。

这位尊贵的游客离开时，排场也十分惊人。金字塔附近一处被开发成高尔夫俱乐部的公园里①，突然升起了三架史前巨兽般的直升机，金字塔附近的美景顿时被轰鸣、烟尘和嘈杂的背景声扼杀了，放眼望去，简直是灾难现场。

终于，贵宾们绝尘而去，我们终于不必远观。

上一次来埃及，我没有去太阳船博物馆。这一次，我终于得偿所愿。博物馆在基奥普斯金字塔的南面。展馆里展出的太阳船刚好被同样大小的栏杆围住。

古埃及人的永生观体现在墓穴中，除了难以计数的确保肉体永生的器物，他们还会埋葬一艘能够在天界飞翔的船。这也是为什么普通人的墓穴里会有一只黏土做的小船，而法老们则为自己准备一艘形制巨

---

① 金字塔正好位于大都市与沙漠的交界处，金字塔是我见过的最疯狂的“界碑”了，尽管我已经见过人类为了争夺边界做出的各种疯狂的举动。

大的船。馆内的船属于法老基奥普斯，1954年出土，是埋葬在基奥普斯金字塔附近的五艘船之一。至于另外四艘船的命运，我无从得知。

翱翔天空的太阳船如今悬在半空中，就在曾经埋葬它的那片土地之上。半空中的太阳船不断向上旋转，你会发现面前这艘优雅的大船整个都是用黎巴嫩雪松木制成，它曾被埋在正下方——那是一处幽深的坟冢。透过正对大船的玻璃窗，就能看见对面的金字塔。我被那幢棱角分明的三角形建筑打动了，想到法老基奥普斯通往永生的船仍停留在原地，却在出土后得到了新生，我更是激动得不能自已；这艘船原本用来飞翔，但人们打开墓穴时，发现船已经被压在了数吨的木板下，变成了数千片残骸和数千截苜蓿草绳。一位阿拉伯古家具修复专家将它重新“拼”好。如今，如果将它重新放回水里，恐怕它会立刻沉没。为了维持原貌，它只能悬挂在半空中。

你知道太阳船是什么形状吗？它看起来就像一艘古老的贡多拉！

埃及人和法国人

威尼斯人用当地的材料制作翻版的太阳船，太阳船被放入水中，于是，变成了月亮船——贡多拉。贡多拉驶向爱神厄洛斯，驶向死神桑纳托斯；爱与死，最终都通往永恒。

19世纪初，另一位充满创造力的意大利人重新发掘了哈夫拉金字塔的入口，他名叫贝尔佐尼。他一度被指认为是强盗，因为当时金字塔里的财宝和木乃伊已经被盗；在他前后，许多冒险家都曾通过这个入口进入金字塔，但只有他在墓穴的墙壁上留下了涂鸦：Scoperta da G. Belzoni，2 marzo 1818[①]。贝尔佐尼是理发师帕多瓦的儿子，曾立志成为一名牧师，但成年后却先后做了马戏团演员、歌剧演员、机械师和建筑师……贝尔佐尼传记的作者表示，关于贝尔佐尼的一生，与其研究他做过什么，不如研究他没做过什么。他对职业有着独特的认识，他曾制作了一张名片，名片上写着“乔瓦尼·贝尔佐尼——著名旅行家”。

但是，在我看来，法国才是最重要的古埃及精神继承者。拿破仑对埃及的狂热至今仍为世人“诟病”，尚博良破译了象形文字，玛利埃特设计了开罗的埃及博物馆，法国的埃菲尔铁塔是第一个高度超过基奥普斯金字塔的建筑（在19世纪末以前，金字塔是实际上最高的建筑），卢浮宫前的玻璃金字塔被《大不列颠百科全书》列为世界上最著名的金字塔之一……清单还可以继续列下去：法国化妆品，米雷耶·马蒂厄和奥黛丽·塔图的发型，香水，高档护肤品（同样怀着容颜永驻的愿景），纪念碑般的建筑，对称的空间，

① 意大利语，意为：乔瓦尼·贝尔佐尼发现此地，1818年3月2日。

对空间中虚与实的深刻理解和运用，建筑风格乃至精神气质中对壮美和悲怆的推崇……

在我看来，圣殿骑士，还有他们创造的哥特式建筑和教堂才是对埃及文化最重要的继承。众所周知，神秘的圣殿骑士团借鉴了古埃及人的智慧，建造了哥特式教堂。但是，在法国，修建大教堂的速度完全取决于效率、时间、预算和组织规划，实际上，前朝的法老们在修建那些矮小的金字塔[①]时也会遭遇类似的情况。但我想，教堂和金字塔最重要的共同点在于地下。教堂地上部分可见的结构，实际上是地下结构的延伸。要建造一座真正的宫殿，必须留意地底、地面与地上的能量流动，保证建筑与上述能量、与自然、与天神之间能够和谐共处。

不仅如此，大教堂和古埃及的纪念碑之间在外形

---

① 法国在 140 年里先后建造了 25 座哥特式教堂（从 1140 年到 1277 年）。至于金字塔，有如今我们经常提到的金字塔，包括卓瑟王金字塔、基奥普斯金字塔、哈夫拉金字塔和孟卡拉金字塔。但除此之外，还有 69 座大小不一的金字塔。天气晴朗时，站在吉萨金字塔和塞加拉金字塔上，用肉眼就能看到另外的 3 到 4 座金字塔。这 69 座金字塔建造时间超过 250 年（从公元前 2600 年到公元前 2350 年）。在埃及境内，已发现的金字塔约有 140 座之多。

上也颇为相似。

请你回想一下狮身人面像的侧面。

接着在你的脑海中将它放大（你必须放大埃及建筑在脑海中的印象，这一步很重要）。

现在，再将狮身人面像的轮廓转化成几何图案。

你看到的会是大教堂的侧面！

至于祭坛的设计——明眼人自有判断。

*

不止一次，我听见有人当着我的面，抑或背地里议论："对她来说不是难事！她的丈夫是知名作家，在她写作时，会给她格外的帮助。"又或者："我们也不知道这些作品到底是谁写的，谁知道她为他贡献多少[①]。同样，他为她贡献了多少，我们也不知道。这事儿实在可疑。"

实际上，一位女外科医生的丈夫同样也可能是一

① M 出版他的第一部作品时，我才七岁，刚刚开始上学，学习基本的语法。

位外科医生，也会帮病人切除阑尾，尽管这位妻子也是外科医生，但丈夫本人才知道自己病人的阑尾是如何割掉的。

这样的论断无疑是对女性的歧视。更加悲哀的是，更多时候，恰恰是女性在发出这样的议论！

宁静的院落

乘坐飞机从开罗上空飞过，你会看到吉萨高原上的金字塔和市中心的伊本·图伦清真寺所在的巨大区域。实际上，从半空中，你辨不清其他的建筑，整座城市更像是一座尘土飞扬、泥水四溅的迷宫。荒漠上的沙土无孔不入，将整个城市渲染得无比恢宏，整体的色调让人联想到昏蒙初开的原始天地。除了那些古老的建筑，这里的气候，恐怕只有大象、乌龟能够忍受。

如果从飞机上拍一张金字塔的照片，你会发现三角形立方体变成了一处几何形坑洞，就像一块沿对角线切割数次后的立方体，被一股巨大外力塞进了土地。

可如果你在半空中用肉眼观察伊本·图伦清真寺，会发现它周围是一片长方形的空地。

伊本·图伦清真寺建造于公元9世纪，它的美让人肃然起敬，它的寒素也让人不免心绪起伏。伊本·图伦清真寺周围是一层层长方形院墙：最外层是外墙，接着是一圈由立柱围起来的拱廊，最里面是一片巨大的空地，中央有一方小小的长方形的沐浴用喷泉池。

醒目的主塔位于清真寺的“围廊”上首。“传说有一天伊本·图伦看见一位大臣正在玩一种十分有趣的折纸游戏，于是，他叫来建筑师，将折好的纸片交给他，说：‘这是我亲手设计的清真寺塔。’”[①] 这座尖塔的确不同于世界上任何清真寺。

欧洲人面对伊本·图伦的清真寺，第一时间都会联想到前文艺复兴时期的意大利。接着，他们会注意到拱廊，注意到拱廊内驴子背似的瘦高圆拱，于是免不了一阵嘟囔：典型的哥特式。但很快，他们会意识到，

---

① 德米特里·纳斯第在1990年自费出版的《开罗》一书中提到了这段轶事。

伊本·图伦清真寺建成后约两百年，欧洲才有了哥特式风格。聪明的欧洲人思考片刻，不得不承认：不该贸然将欧洲与埃及做比较。

开罗市中心，市井的尘嚣昼夜不息，伊本·图伦的圣殿正坐落于此。但奇妙的是，市井之声传到清真寺门前，便戛然而止。取而代之的，是沉默，令人不禁屏息凝神的沉默；是寂静,虽然稍显冷清。风乍起，卷起灰尘,尘土飞扬的院子仿佛瞬间有了魔力。太阳，退回了地平线之下，透过沙土的烟幕，神秘的暗影降临。你看不见鸟儿的踪影，却能听见它们的欢唱，因为这欢唱，寂静更显寂静。鸟儿会在扇叶树头榈上筑巢，这些扇叶树头榈也是建筑的一部分。宫殿有两千平方米，屋顶下是一片片棕榈树树干制成的隔板，上面雕刻着《古兰经》中的经文。传说，挪亚方舟曾在这里搁浅，这些木板曾经属于挪亚方舟。

伊本·图伦清真寺，无疑是一座沉默的孤岛。

中世纪与透明钢琴

伊本·图伦清真寺附近是开罗的老城区，开罗城诞生时人们怎么生活，生活在老城的人们现在还是怎么生活——他们似乎仍旧活在中世纪。在这里，即使是公元 10 世纪之前的东西，都显得十分现代。窄街小巷构成无尽的迷宫。尘埃、沙土、阴霾，挥之不去。没有自来水，也没有下水道。肮脏的街道上臭水四溢，木屑和莎草散落一地。顶棚歪斜的棚屋，老旧的房子，改造翻新过的公寓楼，屋顶上的垃圾。理发店里摆放着不成套的座椅。瓷砖肮脏不堪的茶室里人满为患，里面的男人们穿着黯淡的长袍，目光呆滞，抽着水烟。狭小的肉店里挂着一根羊腿，羊腿和木乃伊一样“穿”

着白纱布，似乎就要这样挂到地老天荒。苍蝇到处乱撞。油腻的小馆子提供香米饭、白芝麻酱（芝麻做的酱料）、三明治、蚕豆做的丸子。脏兮兮的孩子互相追逐。鸡笼一个叠着一个堆得高高的，每一处街角都摆着一篮酥饼。女人们裹着头巾。忧郁的男子驼背坐着，他身边的山羊自顾自地嚼着绿叶菜。随处可见关在笼子里的鸟，丢弃的水果和蔬菜，泔水桶。门窗和破旧的门廊上烂掉的布帘随风飘荡。女人坐在路当中的小凳上洗菜，面前放着一只碗。没有树，甚至没有一块草皮。我只在一辆驴拉板车上看到一点绿宝石色的草药。

需要一段时间的观察，你才会意识到剥蚀的墙壁上是中世纪居民雕刻的阿拉伯风格的图案①，你才会注意到连接着不同房屋的美丽拱廊和飘窗上大气的阿拉伯传统窗扉②；接着，映入眼帘的，还有天花板上手工编织的装饰性木条和墙壁上斑驳的手绘花朵……不知不觉间，美丽的碎片连缀在一起。

---

① 一种华丽、复杂的阿拉伯图案，具有极强的装饰性。

② 一种精致的雕花镂空窗，广泛运用于北非和中东建筑。

在这座城市的另一头，在闪烁着碧绿光芒的尼罗河边，是棕榈树和茂盛的植被；此外，还有现代的摩天大楼、方尖碑似的豪华酒店，还有一些不那么古老的建筑。艾美酒店的大厅里有许多高高在上的玻璃露台，其中一个露台上摆着一架透明钢琴，它看起来就像悬在半空中，一个女孩正在露台上演奏。

埃及终于震撼了我。它理应震撼每一个人。此后，我在开罗的每一晚都在重复同一个梦境，这个梦甚至跟随我回到了贝尔格莱德：法老在清真寺里歌唱。梦中的清真寺变成了方尖碑般的模样，顶上有一只旋涡状的玻璃冠。那是古今埃及之冠，它将保佑埃及永远不被邪恶侵犯。

星辰之枕，重生之床

在开罗，两件家具和两间屋子打动了我。这两件家具和两间屋子都是为女性设计的。它们之间相隔千年，代表了不同年代的潮流。

第一间屋子位于开罗博物馆，是皇后菲特休丝的墓穴，菲特休丝是第四王朝的法老——斯尼夫鲁——的妻子。墓穴里并没有墙，仅有帘子作为隔断，如今只能通过仅有的木条还原内室的轮廓。可供观瞻的“风景”包括：皇后的首饰盒，用来挂帘子的华丽窗盒，皇后的床。床头的搁板上嵌着一只打磨粗糙的月牙形金属片，似乎是为了让死者更好地辨识星座。也有人说，这装饰是用来固定支撑头部的半圆形头枕的。但在我看来，它更像是通往转世重生的分娩台上的马镫状图腾。

另外一间属于女人的房间位于克里特女子之屋，它过去的名字是“盖尔·安德森博物馆”。博物馆和伊本·图伦清真寺仅一墙之隔，包括两幢狭窄的小楼。一座小桥将两幢小楼连在一起，其中一座是男楼，一座是女楼；一座建于16世纪，一座建于17世纪。最初，两幢楼是独立的。直到有一天，它们之间建起了一座桥，于是一座楼被称为女楼，另一座楼被称为男楼。通常，在参观完两幢光彩熠熠的连体建筑之后，导游们会将你带到女楼的底层，指着一处小房间，告诉你：“这是产房。”房间是长条形的，光线昏暗，摆满了椅子。大概有二十多张椅子吧，椅背上印着条纹。最初，这些椅子排成一条固定在墙上。女人们生产时便坐在这些椅子上。椅座正中有一个半圆形的洞口。显然，是接生用的椅子。

接生用的半圆形洞口和嵌在皇后非特休丝床板上的图案几乎一模一样。

皇后有一只通往永生的“枕头”，而那些没有留下名字的女子也有一张属于自己的接生椅。

*

我的上一本游记《私人珍藏》出版之后，朋友、熟人、亲人便开始鼓励、敦促我写小说。

我从没有想过自己会成为一名作家，或者说我不认为自己是一名作家，因为在我看来，作家的工作是构思情节、塑造人物。但我在写作第一本书时，并没有按照上述要求去做。坦白说，我甚至不知道该怎么做。来自外界的建议、压力和要求，让我十分困扰；与此同时，我的身体里也有一个微弱的声音，它的存在却让我愈加迷茫。在很长时间里，小说是最重要的文学体裁，出版小说是作家身份最强有力的证明。诗歌、散文在内的其他文学体裁，似乎都不足以成就作家之名。

实际上，我有一个酝酿已久的小说题材。故事围绕一位在宾馆里工作的女服务员展开，她可以进入私人客房，合法地进出他人的私人生活。她可以抚摸你的床单、睡衣还有浴室里的小东西——看到你不为人知的一面——你的隐私将暴露在她面前，即使你本人并不在场。而你甚至从未遇见过她。小说里有犯罪情节；千禧年前后，成功的作家都善用此道。我还会加上一点情欲内容，不仅为了丰富主题，也为了书籍销量。我已经想好了小说的开头：

> “乱七八糟！”女服务员推开309室的门，刺鼻的味道扑面而来，陌生人的私密气息让她有些兴奋——体臭、晨间洗漱后的味道——她不禁对气味的主人有些好奇。

我只写了开头。还是先回到我的游记吧。我更擅长游记，也更喜欢游记。先让该死的女服务员见鬼去吧！让她先在309室里待着吧。我会回来找她，否则——否则我会如鲠在喉，她就是卡在我喉咙里的鱼刺。

耳朵……疼！

1990 年，我偶然前往埃及，那是我第一次去埃及。安特·马尔科维奇[①]正在大力发展经济，背包客式的旅行花不了太多钱，而我正好赶上前往开罗和亚历山大城的旅行团打折，于是，便有了一场说走就走的旅行。实际上，我有些不甘心。为什么一定要去埃及？世界上还有那么多有趣的地方，金字塔对我来说一点都不陌生，埃及对我也没有那么大吸引力，何况人人都向往埃及……

前往开罗的飞机总是在夜晚降落，至少，对我而

① 安特·马尔科维奇（1924——2011），南斯拉夫社会主义联邦共和国党和国家主要领导人之一，政治家，企业家，国务活动家，经济专家。——译者注

言，一向如此。旅行途中，我的耳朵一直在痛，直到旅行结束，疼痛的感觉有增无减；回到贝尔格莱德之后，病情彻底恶化。因为耳部感染，我接受了六个月的治疗。这是旅行的代价。我想，总归要付出些代价，毕竟这次旅行让我受益匪浅，只有埃及，会给我这样的体验，会让我直面人类的本源。

我永远忘不了第一次置身埃及，置身那座古今交融的城市所受到的震撼；眼前的一切是那么超凡脱俗，独一无二，那么新奇，给予我绝无仅有的体验。这世界上只有我幻想中的完美爱人才能赐予这般极乐的高潮。而高潮中的高潮，发生在左塞尔金字塔。

人们很难对金字塔做出确凿的描述，无论是最有名的吉萨金字塔群（包括胡夫金字塔、哈夫拉金字塔、孟卡拉金字塔等），还是塞加拉地区的左塞尔金字塔，关于它们的体积、地理位置、磁场，关于它们地上的部分和地下的部分，仍有一系列待解之谜。

左塞尔金字塔是世界上第一座真正意义上的金字塔，所谓梯级金字塔，至今已有4600年历史。左塞尔金字塔是当之无愧的金字塔之母。它坐落于距开罗城数十公里的塞加拉沙漠；确切地说，是在一处生死边缘、无尽黄沙与雨林绿洲交接的高地。在那里，尼罗河的地下水汇成若干溪流。左塞尔金字塔周围的长方形“院落”足有三个足球场大，据说，最初的院墙足有十米高。

第一次进入这片汇聚了沙漠中无限未知的封闭院落时，我遭遇了一系列奇事。我的感觉被摧毁了：时间停止了，脚下的地面开始起伏；头顶上，仿佛有一片穹顶般的薄膜隔绝了嘈杂与喧嚣。所有的声音瞬间都像从极远的地方传来，我感觉自己像在海底、机舱抑或大雪封山的乡野，我甚至能感到一脉一脉的声浪。我毫无保留地沉醉在这近乎真空的时空里，就在这时,我的右耳突然听到一阵呼哨。这声音并不稀奇，在飞机起飞前，我也会听到类似的声音。然而，一种近乎失重般的危险感觉，却让我迷恋不已。我就像被施了法，被蜘蛛网般的困意包裹着，外界的纷扰无法影响我，我的全部身心都在和某个未知的事物发生联系。多么危险，又是多么迷人的体验啊。

后来，我曾试着和身边人分享这段经历。这是我第一次如此纯粹、如此深刻地体验那片“灵地”。但没有人相信我。人们不置可否的态度无疑让我倍感寂寞——你曾经见过不朽，却无法和人分享那令人敬畏的美。

我还记得刚认识 M 时，我们还没有成为彼此的恋人，但会一起外出散步。当铺天盖地的寂寞再次找上我时，熟悉的感觉被赋予了全新的意义。“感谢上帝，我再也不是孤孤单单的一个人了。”我想。好几次，我和 M 说起在左塞尔金字塔里的经历，说起耳朵里未知的信号声，他发自内心地表示理解。尽管那时，他还没有去过埃及。

许多年后，我们一起生活、结婚，我说服他和我一起去埃及，去开罗，去寻访左塞尔金字塔。让我困惑的是，尽管他一一参观了当地的景点，却未能打开天眼，洞见本源。

2002 年的 3 月 22 日，我们站在左塞尔金字塔综合景区的入口处。我告诉 M，进入景区后，我打算一个人逛逛。我不是来旅游的，我不希望听到所谓的专业讲解，确切地说，我什么都不想听……我只想一个人。

穿过狭窄的长廊，我们来到左塞尔金字塔前那令人叹为观止的广场，我们分开各自参观。突然，我的左耳里响起尖锐的呼哨声，仿佛你的耳朵里有一只铃铛，不断发出震耳欲聋的声响。不得不说，当时的我吓坏了。我没有想到这初夜般的极端体验一生会遭遇两次。

耳朵里的呼哨声带来的刺痛甚至蔓延至咽喉。我坐在金字塔前的石头上，这里正好可以看见深蓝色的苍穹和壮丽景色融为一体。是的，院子上方天空的颜色甚至比外面的天空的颜色要深！痛感没有加重，却仍在不断蔓延，钻进身体的各个角落。三月的阳光依旧强烈，和地中海地区八月的艳阳并无二致。突然，整个左塞尔金字塔前的宁静和空旷再次向我袭来。这一次，声音变得模糊，你只能听见鸟儿在古老的金字塔缝隙内筑巢的声音，阿拉伯男孩跑步经过的脚步声……究竟发生了什么？

我感觉身体里静极了，仿佛四千五百年来的寂寞都在我的身体里。当然，疼痛还在。我从石头上起身，往金字塔走去。我靠近它，它也在靠近我，直到我再也无法迈出步子，直到它变成一堵三角形的高墙，耸立在我面前。再往前走，就是天空，就是地平线，院子外的一切都消失了，都不见了。终于……我遇见了它。在这盛大的时刻，我切断了和外部世界的所有联结。

*

M 就在我身边。

“不要和我说话，让我一个人享受静谧。”我说。

我们没有说话。

我们向着金字塔附近的考古现场走去。那儿有一处台阶，台阶尽头有一处高台，高台的另一侧是一眼望不到底的深渊。我猜，深渊的尽头正是墓穴，埋葬法老左塞尔的地方。上次我来到这里，没能深入地下。但那一次仅仅置身地平线上，仅仅是地面上的风光，就已经让我为之沉醉。

M 先爬上台阶，突然，他捂住自己靠近金字塔方向的右耳。

“你听见了吗？”他问我。

“什么？”我想，我已经猜到了。

“呼哨声！”

“我也听到了，实际上，十二年前我就听到过。我的耳朵还受伤了！”

“难以置信，简直难以置信……”M 一边说，一边摇着脑袋。

台阶的尽头站着一位维护秩序的景区警察。埃及大概有几百万这样专门负责景区安全的警察。他们穿着黑色羊毛制服，看起都像是同一个人：肌肤黝黑，身材精干，轮廓充满雕刻感。他们就像是亲兄弟。没错，他们都会说英语。

M 快步走了过去，紧张地问：

“你听到了吗？”他说着，指向金字塔和深渊之间的空地，确切地说，是指向法老埋葬的地方和墓室之间。

年轻人脸上突然绽放出明媚的笑容，一种如释重负的笑容。他摸了摸自己的耳朵，说：

“每一天，先生！上到台阶的第三层就能听到！

您也能听见，谢天谢地！原来其他人也能听见这声音！”

*

这一次，我的耳朵又疼了两天。

*

我们继续说说声音的事吧。我在写作时，会打开声音设备，其中一个用来播放音乐。每一篇游记都有特定的音乐、特定的声场与之配合。写到圣托里尼时，我会放圣母合唱团的作品；重返威尼斯时，我则会配上意大利歌剧和阿根廷的探戈；至于科托尔，更适合《红白蓝三部曲·蓝》的原声；和埃及最配的，则是《佛之吧》系列。

我的游记与音乐配合得丝丝入扣。

另外一个声音设备是录音机。

葛兰·彼德洛维奇曾对我和M说，为了防止散步或者搭车时灵感来袭而没有笔记录，他专门买了一只录音笔。这主意让我兴奋。因为M经常找不到眼镜和纸笔，而“紧急情况”总是不顾时间地点，翩然而至，稍纵即逝。于是，我们也买了一支小巧的银色录音笔。这样，我的丈夫即使没有眼镜和纸笔，也可以记录他的想法。有了录音笔，他甚至不用放下手中的东西：书、报纸、餐巾甚至账单……我也会用这只录音笔。旅行途中，我把它带在身边。有好几次，它派上了大用场。它不仅记录了我们对于稍纵即逝的瞬间的“点评”，更重要的是，它记录了场景里所有的声音。它记录了莫斯科街头的喧闹，威尼斯博物馆里游客们模糊的对话，阿拉伯商人的吆喝，开罗的交通……

于是，回到家之后，我会在写游记前、写作中途或者完成写作后，听一段旅行途中的录音。不过，一段从埃及带回的录音却有些特别。

当时是这样的，我正在写作，但我始终觉得自己忘记交代一件特别重要的事情。某样东西在我的头脑中盘桓着，可我却怎么也想不起来它到底是什么。无论在旅行途中，还是在写游记的过程中，某样与空旷和寂静相对的事物，始终在困扰着我。于是，我又重新听了一遍录音，那是一段在伊本·图伦清真寺和左塞尔金字塔现场的录音，我对着录音笔重复说了两次一模一样的话："院子里静极了。你能听见的，只有鸟叫声。"在左塞尔金字塔附近时，我又补充道："你能听见鸟叫。它们象征着生命！"尽管我这么说了，但当我写作时，我却觉得鸟儿的叫声并没有打动我。它们更像是点缀。我甚至不理解自己为什么会对录音笔说这样的话。接下来发生的一切便有些不可思议了。我尝试将我对院子和院子里的寂静印象同我反复提及的鸟叫声联系起来。于是，我又重新播放了一遍录音，我告诉自己：不要听我当时说了什么，而要听背景里有什么声音。

这一次，我听到了。

伊本·图伦清真寺和左塞尔金字塔附近的录音从头到尾都有鸟叫声，叫声十分响亮，从未停止，甚至有些恼人。鸟叫声淹没了我的声音，也盖过了其他声音，鸟儿们似乎正在用叫声向我诉说着什么。我听见了它们的声音，但在此之前，我什么都没有听到。

“托特，月神，智慧和写作之神，记录时间的神祇，书写者的保护神，守护日历的神明，他的形象通常是一只朱鹭，又或者是有着人类身体和朱鹭脑袋的神兽。他是众神的书记员；在奥西里斯[①]掌管的死后世界里，他负责记录死者生前的罪恶。他擅长写作，深谙遣词造句之道；他同样善于思考，充满神思。他是普塔[②]的喉舌，是拉[③]的良心，是魔法的守护者。托特相当于在古希腊神话中的赫尔墨斯·特利斯墨吉斯忒斯[④]”。

“埃及人相信，灵魂可以暂时离开肉身，居住在自由飞翔的鸟的身体里。随后，灵魂还可以离开鸟的身体，回到人的肉身之中。当然，前提是肉身始终保存完好。”

可我没能破译最重要的信息，实在扫兴。

---

① 奥西里斯（Osiris），古埃及神话中的死神。

② 普塔（Ptah），古埃及神话中的主神，创造了万物。

③ 拉（Ra），古埃及神话中的太阳神。

④ 赫尔墨斯·特利斯墨吉斯忒斯（Hermes Trismegistus），古希腊神话中的神祇赫耳墨斯和古埃及神祇托特的结合。

繁简之间

我没能破译最重要的信息，实在扫兴。

开罗是一个富有魔力的地方。但是……开罗并非一座城市！去开罗旅行，意味着你只花一次旅行的钱，就可以前往至少五座分别代表了不同年代的开罗城。你可以同时看到这座城市，乃至整个世界的文化，洞见往昔和未来，甚至还能迎来属于你自己的时刻，你只需稍稍动用一点想象力，就可以看见自己的未来。只有当你远离原本的生活，前往异国他乡旅行，才会对自己当下和未来的生活有更清醒的认识。只有当你远渡重洋，来到一片新大陆，才能以更清晰、更深远的目光回望故土。

旅行者必须承受旅行途中的劳累。没有穷途末路，何来柳暗花明？

有近两千年，欧洲的征服者和冒险家们没能破译埃及的象形文字，因而未能读懂埃及文明。象形文字就像中国的长城一般体量巨大，就像无声电影中的场景一样令人费解。直到19世纪初，尚博良才给画面配上了声音，给电影加上了“字幕”。

我躺在开罗酒店的床上，临近行程结束，我已经精疲力竭。我身边放着一只床头柜，柜子上有一台电话。电话旁边放着一本小册子，上面印着一长串图片和符号，用来说明电话的使用方法：如何联系前台，如何叫客房服务，如何要求洗衣服务，如何发传真……疲倦的我一头雾水地看着这些图片，突然意识到，这不就是现代的象形文字吗！我们从现代文字退化到了象形文字！它们是纯粹的符号，即使在21世纪的我们看来，也复杂难解。我很好奇，公元40世纪之后的人类会如何看我们，会和我们看古埃及人一样吗？

我想起在世界各地飞机场、火车站，在琳琅满目的购物中心，在欧洲的地下车库里见到的混乱的图形标志；我想起衣服上的几何形的标记（比如，三角形和一个点，三角形和旋涡状的箭头）；我眼前浮现大型办公楼的大厅、电梯间、卫生间里令人费解的图像标识，还有家用电器上、不同年代的取款机和贩售机、电脑的图标，这些无疑构成了一整套电子符号语料库……我突然间意识到，我们的语言已经被简化、压缩到极致，文字消失了，变成了图画，变成了象形文字。

*

我躺在开罗酒店的床上，临近行程结束，我已经精疲力竭。我拿着电视遥控器上下乱翻，电视画面不断闪烁。这里有无数的阿拉伯语节目，它们的名字我一个也认不出来。电视台的台标在我看来和珠宝类似，是华丽的阿拉伯风格装饰。不过，一档智力问答节目吸引了我的注意。21 世纪初，智力竞赛绝对是体育竞赛之外最激动人心的盛事。要知道，百万富翁系列节目的收视率排名远超灾难新闻、肥皂剧和真人秀节目。

这档阿拉伯智力问答节目有着大量的法老元素，带着典型的东方风格。背景音乐带着浓厚的神秘色彩。提问者和挑战者之间剑拔弩张，仿佛在进行一场事关生死的角斗。决斗者坐在小桌上，桌子很尖，看起来像倒立的玻璃金字塔，直插进地板。饱学之士之间摆着火盆，身后燃着火炬，就像坐在塔楼中。答题者答对一道问题就会获得一根黄金棒。最终获得的金属棒的数目可能是一根，可能是两根，也可能是三根，完全取决于他的博学程度。

我身心俱疲地望着他们，若有所悟。主持人、提问者、遭遇困境的人全都像斯芬克斯。饱学之士，这是稀有物种，是知识匮乏的时代值得赞颂和保护的那类人。

我还记得古埃及那个著名的隐喻，关于托特神，关于那位有着朱鹭形象的神祇。正是他，负责称量死者的心脏。托特会将心脏放进天平一端的托盘，然后在另一端的托盘里，放上鸟羽。显然，两边是不平衡的，这种不平衡令我困惑。

智力问答竞赛背后也存在着这种不平衡。一种更为隐蔽的不平衡。问答比赛中，没有人遇到真正的困境。因为答案早已经写进他手中的台本，提问者早已知道所有问题的答案。

*

我躺在开罗酒店的床上，临近行程结束，我已经精疲力竭。电视画面不断跳动着，都是些欧洲节目。置身亚非大陆，远观欧洲，难免困惑，我甚至感觉自己正在观赏另一个星球的电视节目：意大利村庄整洁的院子，干净的建筑，清新的风景；透过相机镜头，一眼就能望见远处碧绿的山峦。多么不可思议啊，尽管我从那个世界走出，不过四天而已。

我换到英国广播公司频道。他们正在报道关于电脑展的新闻，展示“移动通信电脑”。它是一台“小型”电脑，支持所有可以在“大型”电脑中使用的“体验最佳”的软件，但看起来和手机没有区别。

我身心俱疲地望着电视，若有所悟。正因为我在埃及，才会有这样的顿悟。古埃及崇尚伟大、恢宏、强大和不朽，但整个世界却以惊人的速度不断地缩小。从大到小。从小到更小。

我们甚至可以在20世纪最后十年的女性服饰中找到看似无关宏旨的例子。女人们的短裙简化成一条超短的围布；上衣的袖子消失了，变成了吊带；底边不断升高，露出肚脐；束身衣演变成文胸；凉鞋变成了拖鞋，拖鞋又变成了人字拖，最后“人字”也消失了，只剩下固定住大拇指的带子；所有“大号”的东西，不可避免地变成了“中号”，甚至“小号”。只有价格和体积呈反比，东西在越变越小的同时，价格却越来越高昂。

类似的例子不计其数。房子的价格越来越高，公寓内的房间却越来越小。主菜简化成了前菜，前菜简化成了沙拉。香烟越来越细。奔驰Smart车看起来像是被砍掉了发动机。黑胶唱片变成了金属CD，磁带变成了微盒磁带。娱乐设备不断简化，最初是随身听然后是MP3播放器，软盘，最后简化成USB驱动。书信被电子邮件取代，电子邮件被160字的短信取代。

现在，就连姓名都变成了缩写。

整个世界已经变成了一块微型集成电路板。

整个世界终将化作一把硅尘。

想到这里，我越发觉得自己并不理解金字塔。它不属于我们的时代，也不属于我们的文化。它就像消失的亚特兰蒂斯，它属于另一个宇宙。

在埃及，一切都那么宏伟。此刻，我真正理解了什么是大爆炸、什么是同质化，理解了什么是能量的膨胀、什么是能量的紧缩。

前者发生在过去，后者将发生在未来。

图书在版编目（CIP）数据

太阳船上的孩子/[塞尔维亚]雅丝米娜·米哈伊洛维奇著；刘媛译.—杭州：浙江文艺出版社，2018.8
ISBN 978-7-5339-5324-9

Ⅰ.①太… Ⅱ.①雅… ②刘… Ⅲ.①小说集－塞尔维亚－现代 ②散文集－塞尔维亚－现代 Ⅳ.①I543.15
中国版本图书馆 CIP 数据核字(2018)第 113425 号

策划统筹：曹元勇
责任编辑：王丽荣
封面设计：裴峰南
责任印制：吴春娟

太阳船上的孩子
[塞尔维亚] 雅丝米娜·米哈伊洛维奇 著
刘 媛 译

出版：浙江文艺出版社
地址：杭州市体育场路 347 号 邮编：310006
网址：www.zjwycbs.cn
经销：浙江省新华书店集团有限公司
印刷：上海中华商务联合印刷有限公司
开本：787 毫米 × 1092 毫米 1/32
字数：60 千字
印张：4.625
插页：4
版次：2018 年 8 月第 1 版 2018 年 8 月第 1 次印刷
书号：ISBN 978-7-5339-5324-9
定价：38.00 元